GTB
Gütersloher Taschenbücher
1539

ANTON TSCHECHOW
(1860–1904)

Anton Pawlowitsch Tschechow ist einer der bedeu-
tendsten russischen Schriftsteller. Er schrieb Novelle um Novelle, in denen er die Mißstände seiner
Zeit beschrieb. 1888 veröffentlichte er seine erste
bedeutende Erzählung »Die Steppe«, die unter den
Schriftstellern begeisterte Zustimmung fand. Vor
allem in seinen Weihnachtserzählungen setzt
Tschechow seine menschliche wie dichterische
Kraft für die unter dem Druck der gesellschaft-
lichen Verhältnisse Leidenden ein. Das Thema
»Weihnachten« eröffnet ihm eine Möglichkeit,
trotz der zunehmenden Neigung zu Resignation
und Melancholie vieler seiner Hauptfiguren an der
Hoffnung und Zuversicht festzuhalten, im dunklen
Alltag das Licht einer anderen Wirklichkeit zu erkennen und die Lust und Freude am Leben nicht zu
verlieren. Seine schönsten Weihnachtserzählungen
sind in diesem Band zusammengestellt. Die Erzählungen »Zur Weihnachtszeit«, »Wanka«, »Der
Schuster und der Teufel«, »Ein großes Ereignis«,
»Eine Schreckensnacht«, »Das Ausrufungszeichen« und andere sind literarische Kostbarkeiten,
in denen Tschechow als kritischer Gestalter zeitna-
her Stoffe weihnachtliche Themen aufgreift, um
mit ihrer Hilfe Menschen zu schildern, die auf eine
bessere Zukunft hoffen.

Anton Tschechow

ERZÄHLUNGEN ZUR WEIHNACHTSZEIT

Gütersloher Verlagshaus

Vollständiger Text nach älteren Übersetzungen

Die Deutsche Bibliothek – CIP-Einheitsaufnahme

Čechov, Anton P.:
Erzählungen zur Weihnachtszeit: [vollständiger Text nach
älteren Übersetzungen] / Anton Tschechow. – Gütersloh:
Gütersloher Verl.-Haus, 1995
(Gütersloher Taschenbücher; 1539)
ISBN 3-579-01539-7
NE: Čechov, Anton P.: [Sammlung <dt.>]; GT

ISBN 3-579-01539-7
Gütersloher Verlagshaus, Gütersloh 1995

Umschlaggestaltung: Dieter Rehder, Aachen,
unter Verwendung eines Fotos des Porzellantellers »Die Krippe«
von Josip Generalic, Jugoslawien, © by J. Generalic;
© Fotovorlage by Archiv für Kunst und Geschichte, Berlin
Gesamtherstellung: Clausen & Bosse, Leck
Gedruckt auf chlorfrei gebleichtem Werkdruckpapier
Printed in Germany

»Was soll ich schreiben?« fragte Jegor und tauchte die Feder ein.

Wassilissa hatte ihre Tochter schon vier Jahre nicht mehr gesehen. Nach der Hochzeit war die Tochter Jefimja mit ihrem Mann nach Petersburg gefahren, hatte zwei Briefe geschickt und war dann wie vom Erdboden verschluckt – sie ließ nichts mehr von sich hören. Und ob die Alte am frühen Morgen die Kuh melkte, ob sie den Ofen heizte, ob sie nachts schlaflos dalag – immer dachte sie nur an das eine, wie es Jefimja dort gehe und ob sie noch lebe. Man müßte ihr einen Brief schicken, aber der Alte konnte nicht schreiben, und sie hatten niemand, den sie hätten darum bitten können.

Nun aber war Weihnachten gekommen, Wassilissa konnte es nicht länger aushalten und ging in die Schenke zu Jegor, dem Bruder der Wirtin, der, seitdem er aus dem Militärdienst heimgekehrt war, immer zu Hause in der Schenke saß und nichts tat. Es hieß von ihm, er könne gut Briefe schreiben, wenn man ihn anständig dafür bezahle. Wassilissa sprach in der Schenke erst mit der Köchin, dann mit der Wirtin und dann mit Jegor selbst. Sie einigten sich auf fünfzehn Kopeken.

Und nun saß Jegor am zweiten Feiertag in der

Küche der Schenke am Tisch und hielt den Federhalter in der Hand. Nachdenklich stand Wassilissa
vor ihm, auf ihrem Gesicht malten sich Sorge und
Kummer. Mit ihr war Pjotr gekommen, ihr Mann,
ein sehr hagerer, hochgewachsener Alter mit einer
gebräunten Glatze; er stand da und schaute starr
geradeaus, als sei er blind. Auf dem Herd in einer
Kasserolle brutzelte der Schweinebraten; er zischte
und schnaufte, als wolle er sagen: flju-flju-flju. Es
war schwül.

»Was soll ich schreiben?« fragte Jegor wieder.

»Was denn!« sagte Wassilissa und schaute ihn
böse und mißtrauisch an. »Hetz doch nicht so! Du
schreibst doch nicht umsonst, sondern für Geld!
Nun, schreib. Unserem lieben Schwiegersohn, Andrej Chrissanfytsch, und unserer einzigen geliebten
Tochter Jefimja Petrowna, in Liebe herzliche
Grüße und den elterlichen Segen auf ewig unwan-
delbar.«

»Fertig. Schieß weiter!«

»Wir gratulieren auch noch zum Feiertag von
Christi Geburt, wir leben und sind gesund, was wir
auch für euch vom Herrn ... dem himmlischen
Herrscher ... erflehen.«

Wassilissa überlegte und sah sich nach dem Alten um.

»Was wir auch für euch vom Herrn ... dem
himmlischen Herrscher ... erflehen«, wiederholte
sie und fing an zu weinen.

Mehr konnte sie nicht sagen. Vorher, als sie nächtelang überlegt hatte, schien ihr, nicht einmal zehn Briefe würden ausreichen, um alles zu schreiben. Seit die Tochter mit ihrem Mann weggefahren war, war viel Wasser ins Meer geflossen, die Alten lebten wie Waisen, und nachts seufzten sie tief, als hätten sie die Tochter beerdigt. Und was hatte sich in dieser Zeit im Dorf nicht alles ereignet, wie viele Hochzeiten und Todesfälle hatte es gegeben! Wie lang waren die Winter gewesen, wie lang die Nächte!

»Es ist heiß hier!« sagte Jegor und knöpfte die Weste auf. »Es werden wohl siebzig Grad sein. Was weiter?« fragte er.

Die alten Leute schwiegen.

»Was macht dein Schwiegersohn dort?« fragte Jegor.

»Er war Soldat, mein Lieber, das weißt du doch«, antwortete der Alte mit schwacher Stimme. »Er ist zur gleichen Zeit wie du vom Militärdienst zurückgekommen. Er war Soldat, und jetzt ist er nämlich in Petersburg in einer Wasserheilanstalt. Der Doktor nimmt Wasser für die Kranken. Da ist er nämlich Pförtner bei dem Doktor.«

»Hier steht's geschrieben ...«, sagte die Alte und holte aus ihrem Tüchlein einen Brief. »Von Jefimja haben wir ihn bekommen, weiß Gott, wann das war. Vielleicht leben sie gar nicht mehr.«

Jegor überlegte ein wenig und begann eilig zu schreiben.

»Heutzutage«, schrieb er, »wo das Schicksal Sie für den Militärdienst bestimmt hat, raten wir ihnen, in die Disziplinarordnung und in das Militärstrafgesetzbuch hineinzuschauen, und Sie werden in jenem Gesetz die Ziwilsazion der Angehörigen der Militärbehörden erkennen.«

Er schrieb und las dann das Geschriebene laut vor, Wassilissa aber dachte bei sich, man müßte schreiben, was für eine Not im vergangenen Jahr geherrscht, daß das Getreide nicht einmal bis Weihnachten gereicht und daß man die Kuh hatte verkaufen müssen. Man müßte um Geld bitten, man müßte schreiben, daß der Alte häufig kränkele und wohl bald seine Seele aushauchen werde ... Wie sollte man das aber mit Worten ausdrücken? Was sollte man zuerst sagen und was nachher?

»Lenken Sie Ihre Aufmärksamkeit«, schrieb Jegor weiter, »auf Band 5 der Kriegsartiekel. Soldat ist eine allgemeine Bezeichnung, ein berühmter Name. Soldat heißt der Erste General und der letzte Gemeine ...«

Der Alte bewegte die Lippen und sagte leise:

»Die Enkelkinder einmal sehen, das wäre nicht schlecht.«

»Was für Enkelkinder?« fragte die Alte und sah ihn böse an. »Ja, vielleicht sind gar keine da!«

»Enkel? Vielleicht haben wir doch welche. Wer soll das wissen!«

»Und danach können Sie beurteilen«, fuhr Jegor

eilig fort, »welches der Ausländische Feind ist und welches der Innere. Unser erster Innerer Feind ist: Bachus.«

Die Feder kratzte und malte Schnörkel aufs Papier, die wie Angelhaken aussahen. Jegor beeilte sich und las jede Zeile mehrmals vor. Er saß auf einem Hocker, satt, gesund, breitschnäuzig und rotnackig, die Beine unter dem Tisch weit gespreizt. Es war die Gemeinheit selbst, die hier hockte, grob, anmaßend, unüberwindlich und stolz darauf, daß sie in der Schenke geboren und aufgewachsen war; Wassilissa begriff sehr wohl, daß dies die Gemeinheit war, aber sie konnte das nicht in Worten ausdrücken, sondern schaute Jegor nur böse und mißtrauisch an. Von seiner Stimme, seinen unverständlichen Worten, von der Hitze und der stickigen Luft begann ihr der Kopf zu schmerzen, ihre Gedanken verwirrten sich, und sie sagte und dachte nichts mehr, sondern wartete nur darauf, daß er zu kratzen aufhörte. Der alte Mann blickte zuversichtlich drein. Er vertraute seiner Frau, die ihn hierhergebracht hatte, und auch Jegor; und als er vorhin die Wasserheilanstalt erwähnte, da merkte man seinem Gesicht an, daß er auch an die Anstalt und die heilende Kraft des Wassers glaubte.

Als Jegor mit Schreiben fertig war, stand er auf und las den ganzen Brief noch einmal vor. Der Alte begriff nichts, aber er nickte zustimmend.

»Nichts dagegen zu sagen, sehr flüssig ...«, meinte er, »Gott schenke ihm Gesundheit. Nichts dagegen zu sagen ...«

Sie legten drei Fünfkopekenstücke auf den Tisch und verließen die Schenke; der Alte blickte wie ein Blinder starr geradeaus, und auf seinem Gesicht malte sich volles Vertrauen. Wassilissa aber hob, als sie aus der Schenke kamen, die Hand gegen einen Hund und sagte böse: »Oh, du Kröte!«

Die ganze Nacht konnte die Alte nicht schlafen, die Gedanken ließen sie nicht zur Ruhe kommen; in der Morgenfrühe stand sie auf, betete und ging zum Bahnhof, um den Brief abzuschicken.

Bis zum Bahnhof waren es elf Werst.

In Doktor B. O. Moselweisers Heilanstalt wurde am Neujahrstag genauso wie an gewöhnlichen Tagen gearbeitet, und nur der Portier Andrej Chrissanfytsch trug eine Uniform mit neuen Litzen, seine Stiefel glänzten ganz besonders, und er wünschte jedem, der kam, viel Glück zum neuen Jahr.

Es war Morgen. Andrej Chrissanfytsch stand an der Tür und las die Zeitung. Genau um zehn Uhr kam ein bekannter General, einer von den ständigen Besuchern, und nach ihm der Postbote. Andrej Chrissanfytsch nahm dem General den Mantel ab und sagte: »Viel Glück zum neuen Jahr, Euer Exzellenz!«

»Danke, mein Lieber. Das wünsche ich dir auch.«

Während der General die Treppe hinaufstieg, wies er mit dem Kopf auf eine Tür und fragte (er fragte jeden Tag, vergaß es aber immer wieder): »Und was ist in diesem Zimmer?«

»Das Massagekabinett, Euer Exzellenz!«

Als die Schritte des Generals verklungen waren, sah Andrej Chrissanfytsch die eingegangene Post durch und fand dabei einen Brief auf seinen Namen. Er öffnete ihn, las einige Zeilen und ging dann, gemächlich und in die Zeitung blickend, in sein Zimmer, das ebenfalls unten, am Ende des Korridors lag. Seine Frau Jefimja saß auf dem Bett und nährte ein Kind; ein zweites Kind, das älteste, stand neben ihr und hatte seinen Lockenkopf auf ihre Knie gelegt, ein drittes schlief im Bett.

Als Andrej das Zimmer betrat, gab er seiner Frau den Brief und sagte: »Wahrscheinlich aus dem Dorf.«

Dann ging er wieder hinaus, ohne den Blick von der Zeitung zu heben, und blieb im Korridor unweit der Tür stehen. Er hörte, wie Jefimja mit zitternder Stimme die ersten Zeilen las. Weiter kam sie nicht – ihr genügten schon diese Zeilen; sie brach in Tränen aus, umarmte ihren Ältesten, küßte ihn und fing an zu sprechen, und man wußte nicht, ob sie weinte oder lachte.

»Das ist vom Großmütterchen, vom Großväter-

chen ...«, sagte sie. »Von zu Hause ... Himmelskönigin, o ihr Heiligen! Dort hat es jetzt den Schnee
bis unters Dach geweht ... die Bäume sind alle ganz
weiß. Die Kinder fahren auf niedlichen kleinen
Schlitten ... Und der kahlköpfige Großvater liegt
auf dem Ofen ... und das gelbe Hündchen ... Meine
Lieben daheim!«

Als Andrej Chrissanfytsch dies hörte, fiel ihm
ein, daß seine Frau ihm drei- oder viermal Briefe
gegeben und ihn gebeten hatte, sie abzuschicken,
aber irgendwelche wichtigen Angelegenheiten hinderten ihn daran, er hatte sie nicht abgeschickt, die
Briefe waren irgendwo liegengeblieben.

»Und auf den Feldern laufen die Häschen
herum«, wehklagte Jefimja tränenüberströmt und
küßte ihren Jungen. »Der Großvater ist still und
gütig, die Großmutter ist auch gütig und mitleidig.
Sie leben in Eintracht auf dem Lande und fürchten
Gott ... Und ein Kirchlein steht im Dorf, die Bauern
singen auf dem Chor. Die Himmelskönigin müßte
uns von hier wegholen, die Beschützerin!«

Andrej Chrissanfytsch kehrte in sein Zimmer zurück, um zu rauchen, bis jemand käme; Jefimja
verstummte plötzlich und wischte sich die Augen,
nur ihre Lippen zuckten. Sie hatte große Angst vor
ihm, so große Angst! Sie zitterte und wurde von
Schrecken ergriffen, wenn sie seine Schritte hörte,
wenn er sie ansah, und sie wagte in seiner Gegenwart kein einziges Wort.

Andrej Chrissanfytsch rauchte sich eine Zigarette an, aber gerade in diesem Augenblick wurde oben geläutet. Er drückte die Zigarette aus und eilte mit sehr ernstem Gesicht zur Eingangstür.

Von oben kam der General herunter, rosig und frisch vom Bad.

»Und was ist in diesem Zimmer?« fragte er und zeigte auf eine Tür.

Andrej Chrissanfytsch stand stramm, die Hände an der Hosennaht, und antwortete mit lauter Stimme: »Die Charcotdusche, Euer Exzellenz!«

WANKA

Wanka Schukow, ein neunjähriger Junge, den man vor drei Monaten zu dem Schuster Aljachin in die Lehre gegeben hatte, legte sich in der Weihnachtsnacht nicht schlafen. Er wartete ab, bis die Meistersleute mit den Gesellen zur Frühmesse gegangen waren, und holte dann aus dem Schrank des Meisters ein Fläschchen mit Tinte und einen Federhalter mit einer verrosteten Feder. Dann breitete er ein zerknittertes Blatt Papier vor sich aus und begann zu schreiben. Bevor er den ersten Buchstaben malte, schaute er sich mehrmals ängstlich nach der

Tür und dem Fenster um, schielte nach dem dunklen Heiligenbild, zu dessen beiden Seiten sich Regale mit Schuhleisten hinzogen, und seufzte tief. Das Papier lag auf der Bank, er selbst kniete davor.

»Lieber Großvater Konstantin Makarytsch!« schrieb er. »Ich schreibe Dir einen Brief. Ich gratuliere Euch zu Weihnachten und wünsche Dir vom lieben Gott alles Gute. Ich habe ja keinen Vater und keine Mutter mehr, nur Du allein bist mir geblieben.«

Wanka ließ den Blick zu dem dunklen Fenster schweifen, in dem sich der Schein der Kerze spiegelte, und stellte sich lebhaft seinen Großvater Konstantin Makarytsch vor, der bei den Herrschaften Shiwarew als Nachtwächter in Diensten steht.

Er ist ein kleiner, hagerer, aber ungewöhnlich beweglicher Greis von fünfundsechzig Jahren, hat ein ewig lachendes Gesicht und die Augen eines Trinkers. Tagsüber schläft er in der Gesindeküche oder schäkert mit den Köchinnen herum, nachts aber geht er, in einen weiten Bauernpelz gehüllt, um den Gutshof herum und schlägt an sein Klopfholz. Hinter ihm her trotten mit gesenktem Kopf die alte Hündin Kaschtanka und der junge Rüde Wjun, der ein ganz schwarzes Fell hat und dessen Körper so lang ist wie der eines Wiesels. Dieser Wjun benimmt sich ungewöhnlich respektvoll und freundlich, und er schaut die eigenen Leute ebenso lieb an wie die Fremden, aber er genießt keinen guten Ruf. Hinter seiner Ergebenheit und Demut verbirgt sich eine ausgesprochen jesuitische Tücke. Niemand vermag sich besser anzuschleichen und einen am Bein zu packen, in den Erdkeller einzudringen oder einem Bauern ein Huhn zu stibitzen als er. Man hat ihm schon mehrmals fast die Hinterbeine entzweigeschlagen, zweimal hat man ihn aufgehängt, jede Woche halbtot geprügelt, aber immer wieder ist er auf die Beine gekommen.

Jetzt steht der Großvater wohl am Tor, blinzelt zu den grellroten Fenstern der Dorfkirche hinüber und schwatzt mit dem Hofgesinde, wobei er in seinen Filzstiefeln von einem Bein aufs andere tritt. Sein Klopfholz hat er an den Gürtel gebunden. Er klatscht in die Hände, kichert greisenhaft und zwickt bald das Stubenmädchen, bald die Köchin.

»Wollen wir nicht ein bißchen Tabak schnupfen?« sagt er und hält den Frauen seine Tabaksdose hin.

Die Frauen nehmen eine Prise und niesen. Der Großvater gerät in unbeschreibliches Entzücken, schüttelt sich vor Lachen und schreit: »Reiß ab, sonst friert's an!«

Man läßt auch die Hunde Tabak schnuppern. Kaschtanka niest, verzieht die Schnauze und geht beleidigt weg. Wjun jedoch niest aus Ehrerbietung nicht und wedelt mit dem Schwanz. Das Wetter ist prächtig, die Luft still, durchsichtig und frisch. Die

Nacht scheint dunkel, aber man sieht das ganze Dorf mit seinen weißen Dächern und den Rauchfahnen, die aus den Schornsteinen emporsteigen, die vom Reif versilberten Bäume, die Schneewehen. Der ganze Himmel ist besät mit fröhlich blinkenden Sternen, und die Milchstraße zeichnet sich so deutlich ab, als habe man sie vor dem Fest gewaschen und mit Schnee abgerieben.

Wanka seufzte auf, tauchte die Feder ein und schrieb weiter: »Gestern hab' ich Prügel bekommen. Der Meister hat mich an den Haaren auf den Hof gezerrt und mich mit dem Spannriemen verprügelt, weil ich nämlich sein Kind in der Wiege schaukeln sollte und dabei eingeschlafen bin. Und vorige Woche befahl mir die Frau, einen Hering zu putzen, da habe ich am Schwanzende angefangen, da hat sie den Hering genommen und ihn mir in den Mund gestopft. Die Gesellen necken mich immer, sie schicken mich in die Kneipe nach Wodka und verlangen von mir, daß ich der Meisterin Gurken stehle, und der Meister schlägt mit allem zu, was ihm gerade in die Hände kommt. Das Essen ist auch nichts. Morgens gibt es Brot, zu Mittag Grütze und zum Abend ebenfalls Brot, und was Tee ist oder Kohlsuppe, die essen die Meistersleute selber. Schlafen muß ich auf dem Flur, und wenn das Kind weint, kann ich gar nicht schlafen, da muß ich die Wiege schaukeln. Lieber Großvater, sei um Gottes willen so gut und hol mich wieder nach

Hause ins Dorf, hier kann ich es nicht aushalten...
Ich bitte Dich auf den Knien, ewig will ich für Dich
zu Gott beten, hol mich fort von hier, sonst sterbe
ich ...«

Wanka verzog den Mund, rieb sich mit seiner
schwarzen Faust die Augen und schluchzte.

»Ich will für Dich Tabak reiben«, fuhr er fort,
»ich will zu Gott beten, und wenn was ist, dann
kannst Du mich windelweich schlagen. Und wenn
Du denkst, ich habe keine Stelle, dann will ich um
Christi willen den Verwalter bitten, daß ich ihm die
Stiefel putzen darf, oder ich will für Fedka als Hir-
tenjunge gehen. Lieber Großvater, hier kann ich es
nicht aushalten, es ist einfach mein Tod. Ich würde
ja zu Fuß ins Dorf laufen, aber ich habe keine
Schuhe, und ich fürchte mich vor dem Frost. Aber
wenn ich groß bin, dann will ich Dich dafür ernäh-
ren, und keiner darf Dich beleidigen, und wenn Du
stirbst, will ich für Dein Seelenheil beten, genauso
wie für mein Mütterchen Pelageja.

Moskau ist eine große Stadt. Die Häuser sind
alle herrschaftlich, und Pferde sind viele da, aber
Schafe gibt es keine, und die Hunde sind nicht böse.
Mit dem Stern gehen die Kinder hier nicht, und keinen läßt man im Kirchenchor singen, und einmal
sah ich in einem Laden im Fenster Haken für alle
Arten Fische, gleich mit der Angelschnur, sehr
nützlich, und ein solcher Haken hält einen Wels
von einem Pud aus. Dann hab' ich Läden gesehen,

wo es allerlei Flinten gibt, wie die Herren welche haben, so für hundert Rubel das Stück ... Und in den Fleischerläden sind Birkhühner und Haselhühner und Hasen, aber wo sie geschossen werden, davon erzählen die Verkäufer nichts.

Lieber Großvater, wenn die Herrschaften einen Tannenbaum mit Naschwerk haben, dann nimm für mich eine vergoldete Nuß und leg sie in den grünen Kasten. Bitte das Fräulein Olga Ignatjewna und sag, es ist für Wanka.«

Wanka seufzte krampfhaft und starrte wieder zum Fenster. Ihm fiel ein, daß der Großvater ihn immer mitgenommen hatte, wenn er nach einem Tannenbaum für die Herrschaften in den Wald gegangen war. Das war eine lustige Zeit! Der Großvater ächzte, der Frost ächzte, und wenn Wanka das so sah, ächzte er auch. Bevor der Großvater die Tanne umlegte, rauchte er ein Pfeifchen, schnupfte ausgiebig Tabak, und er lachte den verfrorenen Wanka aus ... Die jungen reifbedeckten Tannen standen regungslos und warteten darauf, welche von ihnen sterben mußte. Ehe man sich's versah, sauste ein Hase wie ein Pfeil durch die Schneewehen ... Der Großvater konnte nicht anders, er mußte schreien: »Halt ihn, halt ihn fest! Ach, dieser kurzschwänzige Teufel!«

Der Großvater schleppte die geschlagene Tanne in das herrschaftliche Haus, wo man sich daran machte, sie zu schmücken ... Am meisten hatte das

Fräulein Olga Ignatjewna zu tun, Wankas Liebling. Als Wankas Mutter Pelageja noch lebte und bei den Herrschaften Stubenmädchen war, da fütterte Olga Ignatjewna Wanka mit Kandiszucker, und aus Langeweile brachte sie ihm Lesen und Schreiben bei, lehrte ihn bis hundert zählen und sogar Quadrille tanzen. Als aber Pelageja starb, wurde die Waise Wanka zum Großvater in die Gesindeküche abgeschoben und aus der Küche dann zum Schuster Aljachin nach Moskau ...

»Komm, lieber Großvater«, schrieb Wanka weiter, »ich bitte Dich um Christi willen, nimm mich fort von hier. Hab Mitleid mit mir unglücklichem Waisenkind, sonst haut man mich bloß immer, und ich möchte gern richtig essen, und ich habe solche Sehnsucht, daß man es gar nicht sagen kann, und ich weine immerzu. Neulich hat mich der Meister mit dem Schuhleisten auf den Kopf geschlagen, so daß ich hingefallen und nur mit Mühe wieder zu mir gekommen bin. Mein Leben ist hin, ich lebe schlimmer als jeder Hund ... Und grüße noch Aljona und den einäugigen Jegorka und den Kutscher, und gib niemandem meine Harmonika. Immer Dein Enkel Iwan Shukow, komm doch, lieber Großvater.«

Wanka faltete das beschriebene Blatt viermal und steckte es in den Umschlag, den er am Vortag für eine Kopeke gekauft hatte ... Er überlegte einen Augenblick, tauchte die Feder ein und schrieb als Adresse: »An den Großvater im Dorf.«

Darauf kratzte er sich, dachte nach und fügte hinzu: »Konstantin Makarytsch.« Zufrieden, daß man ihn beim Schreiben nicht gestört hatte, setzte er seine Mütze auf, und ohne sein Pelzmäntelchen überzuwerfen, rannte er, nur im Hemd, auf die Straße ...

Die Verkäufer aus dem Fleischerladen, die er am Vortag danach fragte, hatten ihm gesagt, daß man Briefe in Briefkästen steckt, von wo aus sie in Post-troikas mit betrunkenen Kutschern und klingen-den Glöckchen über die ganze Erde verteilt wür-den. Wanka rannte bis zum ersten Briefkasten und steckte den kostbaren Brief durch den Schlitz.

Von süßen Hoffnungen gewiegt, schlief er eine Stunde später bereits fest ... Er träumte von einem Ofen, darauf saß der Großvater, baumelte mit den nackten Beinen und las den Köchinnen den Brief vor. Vor dem Ofen lief Wjun auf und ab und we-delte mit dem Schwanz.

KNABEN

Wolodja ist gekommen!« rief jemand im Hof.

»Der junge Herr Woloditschka ist gekommen!« kreischte Natalja und lief ins Speisezimmer. »Ach du lieber Gott!«

Die ganze Familie Koroljow, die von Stunde zu Stunde auf ihren Wolodja gewartet hatte, stürzte zu den Fenstern. Vor dem Tor hielt ein breiter Schlitten, und von dem Dreigespann weißer Pferde stieg dichter Dampf auf. Der Schlitten war leer, weil Wolodja schon im Flur stand und sich mit roten, durchfrorenen Fingern die Kapuze aufband. Sein Gymnasiastenmantel, seine Mütze, seine Galoschen und sein Haar an den Schläfen waren mit Reif bedeckt, und vom Kopf bis zu den Füßen verbreitete er einen so schmackhaften Frostgeruch, daß man, wenn man ihn sah, am liebsten gefroren und »brrr!« gerufen hätte. Die Mutter und die Tante eilten herbei, um ihn zu umarmen und zu küssen; Natalja warf sich ihm zu Füßen und begann, ihm die Filzstiefel auszuziehen; die Schwestern erhoben ein Geheul; die Türen knarrten und schlugen zu, und Wolodjas Vater, in Hemdärmeln und eine Schere in der Hand, lief in die Diele und rief geängstigt:

»Wir haben dich schon gestern erwartet! War die Fahrt angenehm? Hast du sie gut überstanden? Herr Gott, laßt ihn doch seinen Vater begrüßen! Bin ich etwa nicht sein Vater, wie?«

»Wau, wau!« bellte im Baß Mylord, der riesige schwarze Hund, während er mit dem Schweif auf Wände und Möbelstücke schlug.

Alles verschmolz zu einem einzigen frohen Gelärme, das etwa zwei Minuten dauerte. Als der erste Freudenausbruch vorüber war, bemerkte die Familie Koroljow, daß außer Wolodja noch ein kleiner Mensch in der Diele stand, in Tücher, Schals und Kapuzen gewickelt und mit Reif bedeckt; regungslos stand er in der Ecke, in dem Schatten, den ein großer Fuchspelz warf.

»Wer ist denn das, Woloditschka?« fragte die Mutter flüsternd.

»Ach!« besann sich Wolodja. »Ich habe die Ehre, vorzustellen: hier mein Kollege Tschetschewizyn, Schüler der zweiten Klasse. Ich habe ihn als Gast mitgebracht.«

»Sehr angenehm, seien Sie herzlich willkommen!« sagte der Vater freudig. »Entschuldigen Sie, ich bin in häuslichem Aufzug, ohne Jacke ... Bitte sehr! Natalja, hilf Herrn Tscherepizyn beim Ausziehen. Ach, du lieber Himmel, so jagt doch diesen Hund davon! Er ist die reine Gottesgeißel!«

Kurz darauf saßen Wolodja und sein Freund Tschetschewizyn, betäubt von dem lärmenden Empfang und noch immer rosig vor Kälte, bei Tisch und tranken Tee. Die Wintersonne drang durch den Schnee und die Eisblumenmuster an den Fenstern, zitterte auf dem Samowar und badete ihre reinen Strahlen in der Spülschale. Im Zimmer war es warm, und die Knaben fühlten, wie in ihren durchfrorenen Körpern Wärme und der Frost einander kitzelten und einander nicht nachgeben wollten.

»Nun, jetzt haben wir bald Weihnachten!« sagte in singendem Tonfall der Vater, während er sich aus dunkelrötlichem Tabak eine Zigarette drehte. »Und es ist gar nicht lange her, daß es Sommer war und daß deine Mutter weinte, als sie Abschied von dir nehmen mußte. Und jetzt bist du wieder da ... Die Zeit vergeht rasch, mein Lieber! ›Hatt' Zeit nicht, daß man den Mund auftu', und schon kommt das Alter auf einen zu.‹ Herr Tschibissow, essen Sie, ich bitte Sie, genieren Sie sich nicht! Bei uns gibt's keine Zeremonien.«

Die drei Schwestern Wolodjas, Katja, Sonja und Mascha – die älteste von ihnen war elf Jahre alt –, saßen beim Tisch und verwandten keinen Blick von ihrem neuen Bekannten. Tschetschewizyn war von gleichem Alter und Wuchs wie Wolodja, aber nicht so üppig und blaß, sondern mager, dunkelhäutig und mit Sommersprossen übersät. Er hatte borstiges Haar, schmale Augen, dicke Lippen, überhaupt sah er sehr unhübsch aus, und hätte er nicht Gymnasiastenuniform getragen, man hätte ihn nach dem Äußeren für den Sohn einer Köchin halten können. Er war mürrisch, schwieg immerzu und lächelte nie. Als die Mädchen ihn zu Gesicht bekamen, dachten sie sogleich, dies müsse wohl ein sehr kluger und gelehrter Mensch sein. Er sann die ganze Zeit über etwas nach und war so sehr mit seinen Gedanken beschäftigt, daß er, wenn man ihn etwas fragte, zusammenzuckte, den Kopf schüttelte und bat, man möge die Frage wiederholen.

Die Mädchen hatten bemerkt, daß auch Wolodja, sonst immer fröhlich und gesprächig, diesmal wenig redete, überhaupt nicht lächelte und nicht einmal froh darüber zu sein schien, daß er nach Hause gekommen war. Während sie beim Tee saßen, wandte er sich ein einziges Mal an die Schwestern, und auch das waren sonderbare Worte. Er wies mit dem Finger auf den Samowar und sagte: »Aber in Kalifornien trinkt man nicht Tee, sondern Gin.«

Auch er hing irgendwelchen Gedanken nach, und nach den Blicken zu schließen, die er von Zeit zu Zeit mit seinem Freund Tschetschewizyn tauschte, waren diese Gedanken beiden Knaben gemeinsam.

Nach dem Tee gingen alle ins Kinderzimmer. Der Vater und die Mädchen setzten sich zum Tisch und widmeten sich von neuem der Arbeit, die durch die Ankunft der Knaben unterbrochen worden war. Sie verfertigten aus buntem Papier Blumen und Fransen für den Weihnachtsbaum. Das war eine anziehende, geräuschvolle Beschäftigung. Jede neuverfertigte Blume wurde von den Mädchen begeistert begrüßt, ja sogar mit Rufen des Erschauerns, als ob diese Blume vom Himmel gefallen wäre; auch der liebe Papa geriet in Entzücken, warf aber manchmal die Schere zu Boden, aus Ärger darüber, daß sie stumpf war. Mama kam mit höchst sorgenvollem Gesicht ins Kinderzimmer gelaufen und fragte: »Wer hat meine Schere? Hast du mir schon wieder die Schere genommen, Iwan Nikolajitsch?«

»O Herr und Gott, nicht einmal eine Schere bekommt man hier!« anwortete Iwan Nikolajitsch mit weinerlicher Stimme, lehnte sich auf seinem Stuhl zurück und nahm die Pose eines beleidigten Menschen an, doch nach einer Minute war er wieder eitel Entzücken.

Bei seinen bisherigen Besuchen daheim hatte sich Wolodja ebenfalls an den Vorbereitungen für den Christbaumschmuck beteiligt, oder war in den Hof gelaufen, um zuzusehen, wie der Kutscher und der Hirte einen Schneehügel aufbauten, aber jetzt schenkten er und Tschetschewizyn dem bunten Papier keine Beachtung und gingen kein einziges Mal in den Stall, sondern saßen am Fenster und flüsterten miteinander; dann schlugen sie gemeinsam den Atlas auf und betrachteten eine der Karten.

»Zuerst nach Perm ...«, sprach Tschetschewizyn leise. »Dann nach Tjumen ... dann Tomsk ... dann ... dann ... nach Kamtschatka ... Von dort werden uns die Samojeden in Kähnen über die Beringstraße fahren ... und da hast du auch schon Amerika ... Dort gibt es viele Pelztiere.«

»Und Kalifornien?« fragte Wolodja.

»Kalifornien liegt weiter unten ... Wenn wir einmal in Amerika sind, ist Kalifornien nicht mehr sehr weit. Unsere Nahrung können wir uns durch Jagd und Raub beschaffen.«

Tschetschewizyn wich den Schwestern seines Freundes den ganzen Tag aus und warf ihnen scheele Blicke zu. Nach dem Abendtee geschah es, daß man ihn für etwa fünf Minuten mit den Mädchen allein ließ. Es war peinlich zu schweigen. Hart räusperte er sich, strich sich mit der rechten Handfläche über die linke Hand, blickte Katja finster an und fragte: »Haben Sie den ›Lederstrumpf‹ gelesen?«

»Nein ... Hören Sie, können Sie Schlittschuh laufen?«

In seine Gedanken versunken, beantwortete Tschetschewizyn diese Frage nicht, sondern blies nur die Backen auf und gab einen Seufzer von sich, als wäre ihm sehr heiß. Noch einmal hob er den Blick zu Katja und sagte: »Wenn eine Bisonherde über die Pampas läuft, zittert die Erde, während die Mustangs scheuen, ausfetzen und wiehern.«

Tschetschewizyn lächelte traurig und fügte hinzu: »Und die Indianer überfallen Eisenbahnzüge. Am schlimmsten aber sind die Moskitos und die Termiten.«

»Was ist denn das?«

»Eine Art Ameisen, nur mit Flügeln. Sie beißen sehr heftig. Wissen Sie, wer ich bin?«

»Herr Tschetschewizyn.«

»Nein ... Ich bin Montigomo Habichtskralle, der Häuptling der Unbesiegten.«

Die völlig unverständlichen Worte Tschetschewizyns und der Umstand, daß er ständig mit Wolodja zu flüstern hatte und daß Wolodja nicht spielte, sondern immer über etwas nachdachte – all das schien den Mädchen rätselhaft und seltsam. Die beiden älteren, Katja und Sonja, begannen mit scharfem Blick die Knaben zu beobachten. Als die Jungen am Abend in ihr Zimmer gegangen waren, stahlen sich die Mädchen zur Tür und belauschten das Gespräch. Oh, was sie da erfuhren! Die Knaben hatten den Plan, nach Amerika zu fliehen und dort Gold zu suchen; für die Reise war schon alles bereit: eine Pistole, zwei Messer, Zwieback, ein Vergrößerungsglas zum Feuermachen, ein Kompaß und vier Rubel Bargeld. Sie erfuhren, daß die Knaben einige tausend Werst zu Fuß zurücklegen und unterwegs mit Tigern und mit Wilden kämpfen mußten; dann galt es, Gold und Elfenbein zu gewinnen, Feinde zu töten, Seeräuber zu werden, Gin zu trinken und endlich schöne Frauen zu heiraten und Plantagen zu bewirtschaften. Wolodja und Tschetschewizyn redeten und unterbrachen einander immer wieder in ihrem Eifer. Sich selbst nannte Tschetschewizyn dabei »Montigomo Habichtskralle«, und für Wolodja hatte er den Namen: »mein bleichgesichtiger Bruder«.

»Paß auf, daß du Mama nichts verrätst«, sprach Katja zu Sonja, als sie mit ihr zu Bett ging. »Wolodja wird uns aus Amerika Gold und Elfenbein mitbringen, und wenn du Mama etwas sagst, läßt man ihn nicht fort.«

Am Tag vor dem Heiligen Abend studierte Tschetschewizyn den ganzen Tag die Karte Asiens und machte sich Notizen, während Wolodja matt, mit geschwollenem Gesicht, als hätte ihn eine Biene gestochen, düster durch die Zimmer schritt und nichts aß.

Einmal blieb er sogar vor dem Heiligenbild im Kinderzimmer stehen, bekreuzigte sich und sagte: »O Herr, vergib mir meine Sünden! O Herr, beschütze meine arme, unglückliche Mama!«

Gegen Abend brach er in Tränen aus. Als er schlafen ging, umarmte er lange Zeit seinen Vater, die Mutter und die Schwestern. Katja und Sonja wußten, was los war, aber Mascha, die jüngste, verstand nichts, entschieden gar nichts.

Am Heiligen Abend standen Katja und Sonja frühmorgens leise auf und gingen, um zuzusehen, wie die Knaben nach Amerika entfliehen würden. Sie schlichen sich zu der Tür.

»Du willst also nicht mitkommen?« fragte Tschetschewizyn zornig. »Sag: Kommst du mit?«

»O Gott!« weinte Wolodja leise. »Wie soll ich denn mitkommen? Mir tut Mama so leid!«

»Mein bleichgesichtiger Bruder, ich bitte dich:

Komm mit! Du hast doch versprochen mitzukommen und mich selbst verlockt, und wenn es Ernst wird, wirst du feige?«

»Ich ..., ich bin nicht feige, aber mir ..., mir tut Mama leid.«

»Sprich: Kommst du mit oder nicht?«

»Ich komme mit, nur ... nur warte ein wenig. Ich möchte noch eine Zeit zu Hause bleiben.«

»Dann gehe ich allein!« entschied Tschetschewizyn. »Ich schlage mich schon ohne dich durch. Und du wolltest Tiger jagen und kämpfen! Wenn das so ist, gib mir meine Zündstifte zurück!«

Wolodja brach in Tränen aus; er weinte so bitterlich, daß die Schwestern es nicht aushielten und ebenfalls weinten. Stille trat ein.

»Du kommst also nicht?« fragte Tschetschewizyn noch einmal.

Ich ko ... komme.«

»Dann zieh dich an!«

Und um Wolodja zu überreden, pries Tschetschewizyn Amerika, brüllte wie ein Tiger, ahmte einen Dampfer nach, fluchte und versprach, alles Elfenbein und alle Löwen- und Tigerfelle Wolodja zu überlassen.

Dieser magere, dunkelhäutige Junge mit dem borstigen Haar und den Sommerprossen erschien den Mädchen ungewöhnlich und bemerkenswert. Das war ein Held, ein entschlossener, furchtloser Mensch, und er brüllte so, daß man, wenn man vor der Tür stand, wahrhaftig hätte glauben können, er sei ein Tiger oder Löwe.

Als die Mädchen in ihr Zimmer zurückgekehrt waren und sich ankleideten, sagte Katja, die Augen voll Tränen: »Ach, ich habe solche Angst!«

Bis zwei Uhr, als man sich zu Tisch setzte, war alles ruhig, aber beim Essen stellte sich plötzlich heraus, daß die Knaben nicht zu Hause waren. Man schickte ins Gesindehaus, in den Stall, in das Nebengebäude zu dem Verwalter – die beiden waren nirgends. Man fragte im Dorf nach und fand sie auch dort nicht. Auch den Tee nahmen sie später ohne die Knaben ein, und als sie sich zum Abendessen setzten, war Mama sehr beunruhigt; sie weinte sogar. Nachts suchten sie abermals im Dorf und gingen mit Laternen an den Fluß. O Gott, was für ein Durcheinander das war!

Am nächsten Tag kam der Landpolizist und schrieb im Speisezimmer etwas auf.

Die liebe Mama weinte.

Doch da stand ein großer Schlitten vor der Freitreppe, und von dem Dreigespann weißer Pferde stieg Dampf auf.

»Wolodja ist gekommen!« rief jemand im Hof.

»Der junge Herr Woloditschka ist gekommen!« kreischte Natalja und lief ins Speisezimmer.

Und Mylord begann im Baß zu bellen: »Wau! Wau!« Es stellte sich heraus, daß man die Knaben in der Stadt, in einem Gasthof, festgehalten hatte –

dort waren sie nämlich umhergegangen und hatten überall gefragt, wo Pulver verkauft werde. Sobald Wolodja in die Diele trat, schluchzte er und fiel der Mutter um den Hals, die Mädchen dachten, zitternd vor Entsetzen, daran, was jetzt geschehen werde; sie hörten, wie der liebe Papa Wolodja und Tschetschewizyn in sein Arbeitszimmer führte, wo er lange mit ihnen sprach; und auch die Mama sprach und weinte.

»Ist denn so etwas möglich?« redete Papa den Jungen ins Gewissen. »Verhüte Gott, daß man es im Gymnasium erfährt, sonst schließt man euch aus. Und Sie sollten sich schämen, Herr Tschetschewizyn! Das ist nicht gut, mein Freund! Sie sind der Rädelsführer, und ich hoffe, daß Sie von Ihren Eltern bestraft werden. Ist denn so etwas möglich? Wo habt ihr übernachtet?«

»Im Bahnhof!« erwiderte Tschetschewizyn stolz.

Wolodja lag dann im Bett, und man legte ihm ein in Essig getränktes Tuch auf den Kopf. Ein Telegramm wurde abgeschickt, und am nächsten Tag kam eine Dame, Tschetschewizyns Mutter, und führte ihren Sohn fort.

Als Tschetschewizyn wegfuhr, war sein Gesicht hart und anmaßend, und beim Abschied von den Mädchen sprach er kein einziges Wort; er nahm nur Katjas Heft und schrieb zur Erinnerung hinein: »Montigomo Habichtskralle.«

Iwan Petrowitsch Gräbermann wurde ganz blaß, schraubte die Lampe niedrig und begann in aufgeregtem Tone zu erzählen: »Dichte, schwarze Finsternis hing über der Erde, als ich in der Nacht vor Weihnachten 1883 von einem jetzt verstorbenen Freunde, bei dem wir alle einer spiritistischen Sitzung beigewohnt hatten, nach meiner Wohnung zurückkehrte. Die Gassen, durch die ich hinschritt, waren nicht beleuchtet, und ich mußte mich fast nur mittels des Tastsinnes zurechtfinden. Ich wohnte in Moskau bei der ›Mariä-Himmelfahrtskirche auf dem Gottesacker‹, im Hause des Beamten Leichner, also in einer der ödesten Gegenden des Arbatschen Stadtteiles. Schwere und niederdrückende Gedanken beschäftigten mich während des Heimweges.

›Dein Leben nähert sich dem Ende ... Tue Buße ...‹

Dies war der Satz, den bei der Sitzung Spinoza zu mir gesprochen hatte, dessen Geist zu zitieren uns gelungen war. Ich hatte um eine Wiederholung des Satzes gebeten, und das Schüsselchen hatte ihn nicht nur wiederholt, sondern sogar noch hinzugefügt: ›Heute nacht.‹ Ich glaube an den Spiritismus nicht; aber der Gedanke an den Tod, ja, schon eine Hindeutung auf ihn, versetzen mich in trübe Stimmung. Der Tod, meine Herrschaften, ist etwas

Unvermeidliches, etwas Alltägliches; aber nichtsdestoweniger ist der Gedanke an ihn der menschlichen Natur zuwider ... Und jetzt gar, wo undurchdringliche, kalte Finsternis mich umgab und die Regentropfen vor meinen Augen in tollem Wirbel rasten und über mir der Wind kläglich stöhnte, jetzt, wo ich ringsumher keine lebende Seele sah und keinen menschlichen Laut hörte, erfüllte eine undefinierbare, unbeschreibliche Furcht mein Herz. Obgleich ich ein vorurteilsfreier Mensch bin, hastete ich doch vorwärts und fürchtete mich, seitwärts zu blicken oder mich umzusehen. Ich hatte die Vorstellung, wenn ich mich umsähe, so würde ich mit Sicherheit den Tod in Gestalt eines Gespenstes erblicken.«

In heftiger Erregung seufzte Gräbermann auf, trank einen Schluck Wasser und fuhr dann fort.

»Diese undefinierbare, aber Ihnen gewiß verständliche Angst verließ mich auch dann nicht, als ich zum vierten Stockwerke des Leichnerschen Hauses hinaufgestiegen war, die Tür aufschloß und in mein Zimmer eintrat. In meiner bescheidenen Wohnung war es dunkel. Im Ofen wimmerte der Wind und klopfte, als heische er Einlaß in den warmen Raum, an die Luftklappe.

›Wenn man Spinoza Glauben schenken darf‹, sagte ich lächelnd vor mich hin, ›so muß ich heute nacht bei diesem Klageliede des Windes sterben. Das ist doch ein drückendes Gefühl!‹

Ich strich ein Zündholz an... Ein wütender Windstoß lief über das Hausdach hin. Das leise Klagelied verwandelte sich in ein zorniges Gebrüll. Unten irgendwo klappte ein zur Hälfte aufgerissener Fensterladen, und die Luftklappe meines Ofens winselte kläglich um Hilfe ...

Traurig, wer in einer solchen Nacht ohne Obdach ist, dachte ich.

Aber ich hatte keine Zeit, mich solchen Betrachtungen hinzugeben. Als an meinem Streichholze der Schwefel mit bläulichem Flämmchen aufbrannte und ich einen flüchtigen Blick durch mein Zimmer warf, bot sich mir ein unerwarteter und furchtbarer Anblick dar... Wie schade, daß der Windstoß nicht mein Streichholz erreicht hatte! Dann hätte ich vielleicht nichts gesehen, und meine Haare hätten sich nicht vor Schrecken aufgerichtet. Ich schrie auf, tat einen Schritt nach der Tür zu und schloß vor Bestürzung, Entsetzen und sinnloser Angst die Augen ...

Mitten in meinem Zimmer stand ein Sarg.

Das blaue Flämmchen hatte nicht lange gebrannt; aber ich hatte doch Zeit gehabt, die Umrisse des Sarges deutlich zu erkennen. Ich hatte den rosa, von Flittern glitzernden Glanzstoff gesehen sowie das Kreuz aus Goldtresse auf dem Deckel. Es gibt Dinge, meine Herrschaften, die sich dem Gedächtnisse einprägen, selbst wenn man sie nur einen einzigen Augenblick gesehen hat. So war es auch mit diesem Sarge. Nur eine Sekunde lang hatte ich ihn gesehen; aber noch heute erinnere ich mich seiner in den kleinsten Einzelheiten. Es war ein Sarg für einen mittelgroßen Menschen, und zwar, nach der rosa Farbe zu urteilen, für ein junges Mädchen. Der teure Glanzstoff, die kostbaren Füße, die Bronzegriffe, alles sprach dafür, daß die Verstorbene reich gewesen war.

Hals über Kopf lief ich aus meinem Zimmer hinaus und eilte, ohne zu denken und zu überlegen, nur von einer unaussprechlichen Angst getrieben, die Treppe hinab. Auf dem Flur und der Treppe war es dunkel; meine Beine verwickelten sich in den Schößen meines Pelzes, und daß ich nicht hinunterstürzte und mir das Genick brach, war ein wahres Wunder. Auf der Straße lehnte ich mich an einen nassen Laternenpfahl und rang nach Fassung. Mein Herz schlug furchtbar; ich konnte kaum atmen …«

Eine der Zuhörerinnen drehte die Lampe höher und rückte näher an den Erzähler heran; letzterer fuhr fort: »Ich hätte mich nicht gewundert, wenn ich in meinem Zimmer eine Feuersbrunst, einen Dieb, einen tollen Hund vorgefunden hätte … Ich hätte mich nicht gewundert, wenn die Zimmerdecke niedergestürzt, der Fußboden durchgebrochen, die Wände zusammengefallen wären … All so etwas ist natürlich und verständlich. Aber wie war ein Sarg in mein Zimmer hineingeraten? Wo war er hergekommen? Ein teurer Sarg, offenbar für ein junges weibliches Wesen aus der Aristokratie verfertigt, wie hatte der in die dürftige Stube eines kleinen Beamten hineingeraten können? War er leer, oder lag in ihm ein Leichnam? Wer war sie, diese frühzeitig aus dem Leben geschiedenen reiche Dame, die mir einen so seltsamen und schrecklichen Besuch abstattete? Qualvolles Rätsel!

Mir fuhr der Gedanke durch den Kopf: Wenn dies nicht ein Wunder ist, so liegt ein Verbrechen vor.

Ich erschöpfte mich in Mutmaßungen. Die Tür war während meiner Abwesenheit verschlossen gewesen, und der Platz, wo sich der Schlüssel befand, war nur meinen nächsten Freunden bekannt. Aber Freunde konnten mir doch keinen Sarg hinstellen. Denkbar war auch, daß der Sarg von den Leuten eines Sargfabrikanten irrtümlich zu mir gebracht war. Sie konnten sich versehen haben, sich in der Etage oder in der Tür geirrt und den Sarg an eine falsche Stelle getragen haben. Aber wer wüßte nicht, daß solche Leute nicht aus dem Zimmer gehen, ehe sie nicht die Bezahlung für ihre Arbeit oder wenigstens ein Trinkgeld erhalten haben?

Die Geister haben mir den Tod vorausgesagt, dachte ich. Haben sie sich vielleicht schon die Mühe gemacht, mich rechtzeitig mit einem Sarge zu versorgen?

Meine Herrschaften, ich bin und war kein Anhänger des Spiritismus; aber ein solches Zusammentreffen kann selbst einen Philosophen in mystische Seelenstimmung versetzen.

Aber das ist ja lauter Dummheit, und ich bin ängstlich wie ein Schuljunge, sagte ich schließlich bei mir. Es ist eine optische Täuschung gewesen, weiter nichts! Auf dem Heimwege bin ich so trübselig gestimmt gewesen, daß es kein Wunder ist, wenn meine kranken Nerven einen Sarg sahen ... Jedenfalls eine optische Täuschung! Was denn sonst?

Der Regen schlug mir ins Gesicht, und der Wind zerrte ingrimmig an den Schößen meines Pelzes und an meiner Mütze ... Ich fror und wurde völlig durchnäßt. Ich mußte gehen ... aber wohin? Sollte ich in meine Wohnung zurückkehren? Damit hätte ich mich der Gefahr ausgesetzt, den Sarg noch einmal zu erblicken; und das wäre über meine Kraft gegangen. Wenn ich keine lebende Seele um mich sah, keinen menschlichen Laut hörte und allein, ganz allein mit dem Sarge blieb, in dem vielleicht ein Leichnam lag, so konnte ich den Verstand verlieren. Aber auf der Straße zu bleiben, im strömenden Regen und in der Kälte, war unmöglich.

Ich beschloß, mich zu meinem Freunde Todt zu begeben und bei ihm zu übernachten. Er hat sich, wie Ihnen bekannt ist, später erschossen. Damals hatte er ein möbliertes Zimmer in dem Hause des Kaufmanns Schädler inne, in der Leichengasse.«

Gräbermann wischte sich den kalten Schweiß

ab, der ihm auf das bleiche Gesicht getreten war, und fuhr schwer aufseufzend fort: »Ich traf meinen Freund nicht zu Hause. Nachdem ich an seine Tür geklopft und mich überzeugt hatte, daß er nicht da war, tappte ich auf der Schwelle nach dem Schlüssel, schloß die Tür auf und trat ein. Ich zog meinen nassen Pelz aus und ließ ihn auf den Fußboden fallen; dann tastete ich mich im Dunkeln nach dem Sofa hin und setzte mich, um mich zu erholen. Es war finster. In dem Ventilationsfenster pfiff melancholisch der Wind. Am Ofen zirpte ein Heimchen sein eintöniges Lied. Im Kreml läutete die Glocke zur Weihnachtsfrühmesse. Ich beeilte mich, ein Zündholz anzustreichen. Aber das Licht befreite mich nicht von meiner traurigen Stimmung, im Gegenteil: Ein furchtbarer, unsäglicher Schreck ergriff mich von neuem ... Ich schrie auf, erhob mich taumelnd und stürzte, fast bewußtlos, aus dem Zimmer.

In dem Zimmer meines Kollegen hatte ich dasselbe gesehen wie in dem meinigen: einen Sarg!

Der Sarg meines Kollegen war fast noch einmal so groß wie der meinige, und die braune Bekleidung verlieh ihm ein besonders trauriges Aussehen. Wie war er hierhergekommen? Daß es eine optische Täuschung war, daran konnte ich nicht mehr zweifeln ... Es konnte doch nicht in jedem Zimmer ein Sarg sein! Offenbar war dies eine Krankheit meiner Nerven, eine Halluzination. Ich mochte jetzt kommen, wohin ich wollte, ich hätte überall die furchtbare Behausung des Todes vor mir gesehen. Folglich verlor ich den Verstand, ich war an einer Art Sarg-Manie erkrankt, und nach der Ursache meiner Geisteszerrüttung brauchte ich nicht lange zu suchen: Ich brauchte mich nur an die spiritistische Sitzung und die Worte Spinozas zu erinnern ...

Ich verliere den Verstand! dachte ich entsetzt und griff nach meinem Kopfe. Mein Gott! Was soll ich nur anfangen?!

Der Kopf wollte mir platzen; die Knie knickten mir ein ... Ich stand auf der Straße; der Regen strömte wie aus Eimern herab, der Wind blies beinahe durch mich hindurch, und ich hatte weder den Pelz an noch die Mütze auf. Nach dem Zimmer meines Freundes zurückzukehren, um sie zu holen, das kam nicht in Frage, das wäre über meine Kräfte gegangen ... Die Furcht hielt mich eng und fest in ihre kalten Arme geschlossen. Meine Haare sträubten sich, kalter Schweiß strömte über mein Gesicht, obgleich ich an eine Halluzination glaubte.«

»Was war zu tun?« fuhr Gräbermann fort. »Ich kam von Sinnen und lief Gefahr, mich furchtbar zu erkälten. Zum Glück fiel mir ein, daß nicht weit von der Leichengasse ein guter Freund von mir wohnte, ein Arzt (beiläufig: er ist erst vor kurzem gestorben); er hieß Kirchhoff und war mit mir in jener Nacht bei der spiritistischen Sitzung anwesend gewesen. Zu dem eilte ich hin ... Er war da-

mals noch nicht mit einer reichen Kaufmannstoch-
ter verheiratet, sondern wohnte in einem Hotel
garni im fünften Stockwerk eines Hauses, das dem
Staatsrat Sterbhausen gehörte.

Bei Kirchhoff war es meinen Nerven beschieden,
noch eine neue Marter zu erdulden. Als ich zum
fünften Stockwerk hinaufstieg, hörte ich einen
schrecklichen Lärm. Oben lief jemand mit heftigen
Schritten und schlug mit den Türen.

Dann erscholl ein durchdringendes Geschrei:
›Hilfe, Hilfe, Hausknecht!‹

Einen Augenblick darauf stürmte die Treppe
hinab eine dunkle Gestalt im Pelz mit zerdrücktem
Zylinderhut mir entgegen ...

›Kirchhoff!‹ rief ich, als ich meinen Freund
Kirchhoff erkannte. ›Sie sind es? Was ist Ihnen?‹

Kirchhoff blieb bei mir stehen und packte mich
krampfhaft am Arm. Er war blaß, atmete nur müh-
sam und zitterte. Seine Augen fuhren wild umher,
seine Brust keuchte ...

›Sind Sie es, Gräbermann?‹ fragte er mit hohler
Stimme. ›Aber sind Sie es auch wirklich? Sie sehen
so bleich aus, wie ein dem Grabe Entstiegener ...
Hören Sie, sind Sie nicht vielleicht auch nur eine
Vision? ... Mein Gott ... Sie sehen schrecklich aus
...‹

›Aber was ist mit Ihnen? Ihr Gesicht ist ja ganz
entstellt?‹

›Ach, lassen Sie mich nur erst zu Atem kommen,

Teuerster ... Ich freue mich, Sie getroffen zu haben, wenn Sie es wirklich sind und nicht bloß eine optische Täuschung. Die verfluchte spiritistische Sitzung ... Sie hat meine Nerven so zerrüttet, daß ich, denken Sie nur, soeben bei meiner Rückkehr nach Hause in meinem Zimmer einen Sarg gesehen habe!‹

Ich traute meinen Ohren nicht und bat ihn, es noch einmal zu sagen.

›Einen Sarg, einen wirklichen Sarg!‹ sagte der Doktor und setzte sich erschöpft auf eine Treppenstufe. ›Ich bin keine Memme; aber da würde ja der leibhaftige Teufel erschrecken, wenn er nach einer spiritistischen Sitzung im Dunkeln gegen einen Sarg anrennte!‹

Verwirrt und stotternd erzählte ich dem Doktor von den Särgen, die ich selbst gesehen hatte.

Mit weit aufgerissenen Augen, den Mund vor Verwunderung öffnend, sahen wir einander eine Minute lang an. Dann begannen wir, um uns zu überzeugen, daß wir nicht phantasierten, uns wechselseitig zu kneifen.

›Wir empfinden beide Schmerz‹, sagte der Doktor, ›folglich schlafen wir jetzt nicht und träumen nicht etwa nur voneinander. Somit sind die Särge, der meinige und Ihre beiden, keine optische Täuschung, sondern etwas wirklich Existierendes. Was sollen wir nun machen, bester Freund?‹

Nachdem wir eine volle Stunde auf der kalten

Treppe gestanden und uns in allen möglichen Ver-
mutungen und Hypothesen erschöpft hatten, fro-
ren wir entsetzlich und beschlossen, die kleinmü-
tige Furcht abzuschütteln, den Kellner zu wecken
und mit ihm in das Zimmer des Arztes zu gehen.
Dies führten wir auch aus. Beim Eintritt in das
Zimmer zündeten wir eine Kerze an und erblickten
wirklich einen Sarg, mit weißem Glanzstoff beklei-
det, mit goldenen Fransen und Quasten. Der Kellner bekreuzte sich fromm.

›Jetzt können wir feststellen‹, sagte der bleiche
Doktor, am ganzen Leibe zitternd, ›ob dieser Sarg
leer ist, oder ob er ... einen Bewohner beherbergt.‹

Nach einem langen, sehr begreiflichen Zaudern
bückte sich der Doktor und riß, vor ängstlicher Er-
wartung die Zähne zusammenbeißend, den Deckel
vom Sarge. Wir blickten in den Sarg hinein und ...

Der Sarg war leer.

Ein Toter lag nicht darin; aber statt dessen fan-
den wir in ihm einen Brief folgenden Inhalts:

›*Lieber Kirchhoff!* Du weißt, daß die Vermö-
gensverhältnisse meines Schwiegervaters schrecklich zerrüttet sind. Er steckt bis an den Hals in
Schulden. Morgen oder übermorgen wird sein Vermögen mit Beschlag belegt werden, und dies wird
seine Familie sowie die meinige völlig zugrunde
richten. In dem gestrigen Familienrate haben wir
beschlossen, alle wertvollen und kostbaren Besitz-
gegenstände zu verbergen. Da die Habe meines

Schwiegervaters in Särgen besteht (er ist, wie Du weißt, der größte Sargfabrikant der Stadt), so haben wir uns dafür entschieden, die besten Särge zu verstecken. Ich wende mich an Dich als meinen Freund: Hilf mir und rette unser Vermögen. In der Hoffnung, daß Du uns behilflich sein wirst, uns unser Eigentum zu erhalten, sende ich Dir, liebster Freund, einen Sarg, den ich Dich bitte in Deiner Wohnung zu verstecken und bis zur Rückforderung aufzubewahren. Ohne die Hilfe unserer Bekannten und Freunde sind wir ruiniert. Ich hoffe, Du wirst mir meine Bitte nicht abschlagen, namentlich da der Sarg bei Dir nicht länger als eine Woche stehen wird. Allen, die ich für unsere wahren Freunde halte, habe ich je einen Sarg zugesandt und setze meine Hoffnung auf ihre hochherzige und edle Denkweise.

Dein Dich liebender Iwan Tscheljustin‹

Nach diesen Erlebnissen befand ich mich wegen eines Nervenschocks drei Monate in ärztlicher Behandlung; unser Freund aber, der Schwiegersohn des Sargfabrikanten, hatte sein Vermögen gerettet; er hat jetzt ein Beerdigungskontor und handelt mit Grabdenkmälern und Grabsteinen. Sein Geschäft geht nicht besonders gut, und jeden Abend, wenn ich zu mir nach Hause komme, fürchte ich jetzt immer, neben meinem Bette ein weißes Marmordenkmal oder eine prächtige Bahre zu erblicken.«

Es war am Heiligen Abend. Marja schnarchte schon längst auf dem Ofen, in der kleinen Lampe war bereits das ganze Petroleum ausgebrannt, Fjodor Nilow aber saß noch immer bei der Arbeit. Er hätte die Arbeit längst weggelegt und wäre auf die Straße gegangen, doch der Kunde aus der Kolokolny-Gasse, der vor zwei Wochen Schuhkappen bei ihm bestellt hatte, war gestern dagewesen, hatte geschimpft und befohlen, die Stiefel unverzüglich, bis zur Frühmesse fertig zu machen.

»Ein Sträflingsleben!« knurrte Fjodor während der Arbeit. »Viele Leute schlafen schon längst, andere bummeln, nur du mußt wie Kain dasitzen und weiß der Teufel für wen nähen ...«

Um nicht unversehens einzuschlafen, zog er dann und wann unter dem Tisch eine Flasche hervor, trank daraus, schüttelte nach jedem Schluck den Kopf und sagte laut: »Mit welchem Recht, sagt mal bitte, gehen die Kunden bummeln, während ich verpflichtet bin, für sie zu nähen? Deshalb, weil sie Geld haben und ich bettelarm bin?« Er haßte alle Kunden, insbesondere den, der in der Kolokolny-Gasse wohnte. Das war ein Herr von finsterem Aussehen; er hatte lange Haare, ein gelbes Gesicht, eine große blaue Brille und eine heisere Stimme. Er trug einen deutschen Namen, so einen, den man nicht aussprechen kann. Von welchem Stand er war und womit er sich befaßte, das zu begreifen war unmöglich. Als Fjodor vor zwei Wochen zu ihm gekommen war, um Maß zu nehmen, saß der Kunde auf dem Fußboden und zerstampfte etwas in einem Mörser. Fjodor hatte noch nicht einmal grüßen können, da loderte plötzlich der Inhalt der Mörsers auf und begann mit einer grellroten Flamme zu brennen. Es roch nach Schwefel und versengten Federn, und das Zimmer füllte sich mit dichtem, rosafarbenem Rauch, so daß Fjodor fünfmal niesen mußte; als er wieder auf dem Heimweg war, dachte er: Wer Gott fürchtet, der wird sich nicht mit solchen Sachen abgeben.

Als die Flasche leer war, legte Fjodor die Stiefel auf den Tisch und ließ seinen Gedanken freien Lauf. Er stützte seinen schwer gewordenen Kopf auf die Faust und dachte an seine Armut und an sein schweres, hoffnungsloses Leben, dann aber an die reichen Leute, ihre großen Häuser, ihre Kutschen und Hundertrubelscheine ... Wie schön wäre es, würden bei diesen Reichen – der Teufel sollte sie holen! – die Häuser bersten, die Pferde krepieren und die Pelze und Zobelfellmützen die Haare verlieren! Wie schön müßte es sein, verwandelten sich die Reichen allmählich in Bettler, die nichts zu essen haben, während der arme Schuster reich wäre und sich selber am Heiligen Abend vor einem armen Schuster aufspielen könnte.

Während Fjodor so träumte, fiel ihm auf einmal seine Arbeit ein, und er schlug die Augen auf. Das ist mir eine Geschichte! dachte er, als er die Stiefel betrachtete. Die Schuhklappen sind längst fertig, und ich sitze noch immer hier. Ich muß sie doch zu dem Kunden bringen!

Er wickelte sein Werk in ein rotes Tuch, zog sich an und trat auf die Straße. Es schneite kleine, scharfe Flocken, die wie Nadeln ins Gesicht stachen. Es war kalt, glatt und finster, die Gaslaternen brannten trübe, und auf der Straße roch es aus unerklärlichen Gründen so stark nach Petroleum, daß Fjodor immerzu husten und sich räuspern mußte. Auf dem Fahrdamm fuhren die reichen Leute in beiden Richtungen, und jeder der Reichen hatte einen Schinken und eine große Flasche Wodka in der Hand. Aus den Kutschen und den Schlitten blickten reiche junge Damen auf Fjodor, zeigten ihm die Zunge und riefen lachend: »Hungerleider! Hungerleider!«

Hinter Fjodor schritten Studenten, Offiziere, Kaufleute und Generale und hänselten ihn: »Trunkenbold! Trunkenbold! Schuster, verrußter, Stiefelknecht, alt und schlecht! Hungerleider!«

Das alles war kränkend, doch Fjodor schwieg und spuckte nur aus. Als er dem Schuhmachermeister Kusma Lebjodkin aus Warschau begegnete und dieser zu ihm sagte: »Ich habe eine reiche Frau geheiratet, für mich arbeiten Gesellen, aber du bist ein Hungerleider, du hast nichts zu beißen«, da konnte Fjodor nicht an sich halten und rannte hinter ihm her. Er rannte so lange, bis er plötzlich in der Kolokolny-Gasse war. Der Kunde wohnte im vierten Haus von der Ecke, seine Wohnung befand sich im obersten Stockwerk. Um zu ihm zu kommen, mußte man über einen langen, dunklen Hof gehen und danach eine sehr hohe, glitschige Treppe hinaufsteigen, die unter den Füßen schwankte. Als Fjodor bei dem Kunden eintrat, saß dieser, wie damals vor zwei Wochen, auf dem Fußboden und zerstampfte etwas in dem Mörser. »Euer Hochwohlgeboren, ich bringe die Stiefel«, sagte Fjodor mürrisch.

Der Kunde stand auf und begann schweigend die Stiefel anzuprobieren. Um ihm zu helfen, ließ sich Fjodor auf ein Knie nieder und zog ihm den alten Stiefel aus, aber sogleich sprang er auf und wich entsetzt zur Tür zurück. Der Kunde hatte keinen Fuß, sondern einen Pferdehuf. Sieh mal einer an! dachte Fjodor. Eine schöne Geschichte!

Als erstes hätte er sich bekreuzigen müssen, dann alles hinwerfen und weglaufen; aber sogleich überlegte er, daß der Teufel ihm das erste- und aller Wahrscheinlichkeit nach auch das letztemal im Leben begegnete und daß es dumm wäre, nicht seine Dienste auszunutzen. Er überwand sich und beschloß, sein Glück zu versuchen. Die Hände auf dem Rücken, um sich nicht bekreuzigen zu können, räusperte er sich ehrerbietig und begann: »Man sagt, es gäbe auf der Welt nichts Schmutzigeres und Schlimmeres als den Teufel, ich aber verstehe das so, Euer Hochwohlgeboren, daß der Teufel der Gebildetste von allen ist. Der Teufel hat zwar, entschuldigen Sie, Hufe und hinten einen Schwanz, aber sonst steckt in seinem Kopf mehr Verstand als bei manchen Studenten.«

»Solche Worte höre ich gern«, erwiderte der Kunde geschmeichelt. »Danke, Schuster! Was willst du nun?«

Ohne weiter Zeit zu verlieren, begann der Schuster sich über sein Schicksal zu beklagen. Zunächst sprach er davon, daß er von seiner frühen Kindheit an die Reichen beneidet habe. Es habe ihn immer geärgert, daß nicht alle Menschen in großen Häusern wohnen und mit schönen Pferden spazierenfahren. Warum sei er arm, so müsse er fragen. Sei er etwa schlechter als Kusma Lebjodkin aus Warschau, der ein eigenes Haus besitze und dessen Frau einen Hut trage? Er habe doch die gleiche Nase, die gleichen Arme und Beine, den gleichen Kopf, den gleichen Rücken wie die reichen Leute – weshalb sei er denn da gezwungen zu arbeiten, während andere spazierengingen? Warum sei er mit Marja verheiratet und nicht mit einer Dame, die nach Parfüm dufte? In den Häusern reicher Kunden bekomme er oft schöne junge Damen zu sehen, aber sie schenkten ihm keinerlei Beachtung, sondern lachten nur zuweilen und flüsterten einander zu: »Was dieser Schuster für eine rote Nase hat!« Es stimme zwar, Marja sei eine liebe, gute, arbeitsame Frau, aber sie sei doch ungebildet und habe eine schwere Hand, mit der sie schmerzhaft zuschlage, und wenn in ihrer Gegenwart über Politik oder von etwas Gescheitem gesprochen werde, so mische sie sich ein und verzapfe schrecklichen Unsinn.

»Was willst du nun also?« unterbrach ihn der Kunde.

»Und so bitte ich Sie, Euer Hochwohlgeboren, Satan Iwanytsch, wenn Sie so gütig sein wollen, machen Sie einen reichen Menschen aus mir!«

»Es sei! Nur mußt du mir dafür deine Seele vermachen! Ehe noch die Hähne krähen, wirst du diesen Vertrag hier unterschreiben, daß du mir deine Seele vermachst.«

»Euer Hochwohlgeboren!« entgegnete Fjodor höflich. »Als Sie bei mir die Schuhkappen bestellten, habe ich von Ihnen auch kein Geld im voraus genommen. Zuerst muß man die Bestellung ausführen, dann erst kann man Bezahlung fordern.«

»Nun, einverstanden«, stimmte der Kunde zu.

In dem Mörser loderte plötzlich eine helle Flamme empor, dichter rosafarbener Rauch stieg auf, und es roch nach versengten Federn und Schwefel. Als sich der Rauch zerteilte, rieb sich Fjodor die Augen und sah, daß er nicht mehr der Schuster Fjodor war, sondern irgendein anderer Mann,

der eine Weste mit Uhrkette und neue Hosen an-
hatte, und daß er an einem großen Tisch saß, in
einem Sessel. Zwei Diener reichten ihm Speisen
und sagten unter tiefen Verbeugungen: »Möge es
Ihnen wohl bekommen, das Essen, Euer Hochwohlgeboren!«

Was für ein Reichtum! Die Diener servierten ein
großes Stück Hammelbraten und eine Schüssel mit
Gurken, danach brachten sie in einer Pfanne eine
gebratene Gans, ein wenig später gekochtes Schweinefleisch mit Meerrettich. Und wie das alles vor-
nehm und taktvoll geschah! Fjodor aß und trank
vor jedem Gang ein großes Glas ausgezeichneten
Wodka, geradeso wie ein General oder ein Graf.
Nach dem Schweinefleisch reichte man ihm Grütz-
brei mit Gänsefett, danach Rühreier mit Speck und
gebratene Leber, und er aß alles und war entzückt.
Aber was kam noch? Man servierte eine Pirogge mit
Zwiebeln und gedämpfte Rüben mit Kwaß. – Daß
die Herrschaften von solch einer Mahlzeit nicht
platzen! dachte er. – Zum Schluß brachte man noch
einen großen Topf mit Honig. Nach dem Mittagessen erschien der Teufel mit einer blauen Brille und
fragte, sich tief verneigend: »Sind Sie mit dem Essen
zufrieden, Fjodor Pantelejitsch?«

Doch Fjodor konnte nichts herausbringen, kein
einziges Wort, so vollgestopft war er nach dem Essen. Es war ihm unangenehm und hinderlich, so
satt zu sein, und um sich abzulenken, betrachtete er

den Stiefel an seinem linken Fuß. »Für solche Stiefel habe ich mindestens sieben Rubel fünfzig genommen. Welcher Schuster hat sie denn gemacht?« fragte er. »Kusma Lebjodkin«, antwortete ein Diener.

»Ruft den Trottel her!«

Bald darauf erschien Kusma Lebjodkin aus Warschau. Er blieb in ehrerbietiger Haltung an der Tür stehen und fragte: »Was befehlen Euer Hochwohlgeboren?«

»Schweig!« schrie Fjodor und stampfte mit dem Fuß auf. »Wage nicht zu reden, sondern denk daran, daß du dem Schusterstand angehörst, was für ein Mensch du bist! Dummkopf! Du kannst doch keine Stiefel machen! Ich hau dir gleich eins in die Fresse! Weshalb bist du gekommen?«

»Wegen des Geldes.«

»Was für Geld willst du denn? Raus! Komm am Sonnabend wieder! Diener, gib ihm eins ins Genick!«

Aber sogleich entsann er sich, wie die Kunden ihn selbst immer verspottet hatten, und ihm wurde schwer ums Herz, und um sich abzulenken, zog er eine dicke Brieftasche heraus und fing an, sein Geld zu zählen. Es war viel Geld, aber Fjodor wollte noch mehr. Der Böse mit der blauen Brille brachte ihm eine andere Brieftasche, die noch dicker war, aber er wollte noch mehr, und je länger er zählte, desto unzufriedener wurde er.

Am Abend kam der Teufel mit einer hochgewachsenen, vollbusigen Dame im roten Kleid zu ihm und sagte, dies sei seine neue Gattin. Bis in die Nacht hinein küßte er sie immerfort und aß Lebkuchen. Zur Nacht aber lag er in einem weichen Daunenbett, wälzte sich von einer Seite auf die andere und konnte nicht einschlafen. Ihm war angst und bange.

»Es ist viel Geld da«, sagte er zu seiner Frau, »eh man sich's versieht, können Diebe es wegnehmen. Du solltest eine Kerze nehmen und nachsehen!«

Die ganze Nacht über konnte er nicht schlafen und stand dauernd auf, um nachzusehen, ob die Truhe noch unversehrt sei. Gegen Morgen mußte er in die Kirche, zur Frühmesse. In der Kirche wird allen, den Reichen wie den Armen, die gleiche Ehre zuteil. Als Fjodor noch arm war, da betete er in der Kirche: »Herr, vergib mir Sünder!« Dasselbe sagte er auch jetzt, nachdem er reich geworden war. Was für ein Unterschied war da? Und nach seinem Tode würde man den reichen Fjodor nicht in Gold, nicht in Diamanten bestatten, sondern in die gleiche schwarze Erde betten wie auch den letzten Armen. Und brennen würde Fjodor in demselben Feuer wie die Schuster. Das alles schien Fjodor kränkend, und dazu kam noch das Schweregefühl im ganzen Körper, das vom Mittagessen herrührte, und statt des Gebets durchzogen sein Gehirn allerlei Gedanken: Er dachte an die Geldtruhe, die Diebe und an seine verkaufte, verlorene Seele.

Ärgerlich verließ er die Kirche. Um seine unguten Gedanken zu vertreiben, stimmte er, wie er das früher oft getan, ein Lied an und sang aus vollem Halse. Aber kaum hatte er angefangen, als ein Schutzmann herbeieilte und, die Hand am Mützenschirm, zu ihm sagte: »Gnädiger Herr, Herrschaften dürfen auf der Straße nicht singen! Sie sind doch kein Schuster!«

Fjodor lehnte sich mit dem Rücken an einen Zaun und überlegte, womit er sich zerstreuen sollte.

»Gnädiger Herr!« rief ihm ein Hausknecht zu. »Lehn dich nicht so an den Zaun, du beschmierst dir sonst deinen Pelz!«

Fjodor betrat einen Laden und kaufte sich die allerbeste Harmonika, ging dann damit auf die Straße und begann zu spielen. Alle Passanten zeigten mit den Fingern auf ihn und lachten.

»Das will ein feiner Herr sein!« neckten ihn die Droschkenkutscher. »Ein Schuster ist das ...«

»Dürfen sich Herrschaften so unanständig benehmen?« sagte ein Schutzmann zu ihm. »Fehlt nur noch, daß Sie in eine Kneipe gehen!«

»Gnädiger Herr, eine milde Gabe um Christi willen!« jammerten Bettler, die Fjodor von allen Seiten umringten. »Ein Almosen!«

Früher, als er noch Schuster war, hatten ihn die Bettler gar nicht beachtet, jetzt aber ließen sie ihn nicht weitergehen.

Daheim begrüßte ihn seine neue Frau, die vornehme Dame; sie hatte eine grüne Jacke und einen roten Rock an. Er wollte sie liebkosen und holte schon zum Schlag aus, um ihr eins in den Rücken zu geben, sie aber rief böse: »Du Bauer! Du Flegel! Verstehst nicht, mit Damen umzugehen! Wenn du mich liebst, küß mir das Händchen, aber Prügeln gibt's bei mir nicht.«

Das ist vielleicht ein verwünschtes Leben! dachte Fjodor. Wie Menschen nur so leben können! Kein Lied darf man singen, Harmonika darf man nicht spielen, mit dem Weib darf man nicht schöntun ... Pfui!

Er hatte sich gerade mit der gnädigen Frau an den Teetisch gesetzt, als der Teufel mit der blauen Brille erschien und zu ihm sagte: »Na, Fjodor Pantelejitsch, ich habe mein Wort gehalten. Jetzt unterschreiben Sie den Vertrag, und dann kommen Sie bitte mit. Nun wissen Sie, was reich sein heißt, es ist genug für Sie!« Und er schleppte Fjodor in die Hölle, geradewegs ins Feuer, und die Teufel flogen von allen Seiten um ihn herum und schrien: »Trottel! Dummkopf! Esel!«

In der Hölle stank es furchtbar nach Petroleum, man hätte fast ersticken können.

Und plötzlich war alles verschwunden. Fjodor schlug die Augen auf und erblickte seinen Tisch, die Stiefel und die Blechlampe. Der Lampenzylinder war schwarz, und von dem kleinen Flämmchen, das auf dem Docht brannte, stieg übelriechender Qualm auf wie aus einem Schornstein. Daneben stand der Kunde mit der blauen Brille und schrie böse: »Du Trottel! Du Dummkopf! Du Esel! Ich werde dich lehren, du Halunke! Vor zwei Wochen hast du den Auftrag angenommen, aber die Stiefel sind immer noch nicht fertig! Du denkst wohl, ich hätte Zeit, fünfmal am Tag wegen der Stiefel hierherzulatschen? Du Schurke! Du Rindvieh!«

Fjodor schüttelte den Kopf und nahm sich die Stiefel vor. Der Kunde schimpfte und drohte noch lange. Als er sich endlich beruhigt hatte, fragte Fjodor finster: »Was sind Sie eigentlich von Beruf, gnädiger Herr?«

»Ich stelle bengalisches Feuer und Raketen her. Ich bin Pyrotechniker.«

Es läutete zur Frühmesse. Fjodor lieferte die Stiefel ab, erhielt sein Geld und ging in die Kirche.

Draußen fuhren Kutschen und Schlitten mit Bärenfelldecken die Straße herauf und hinunter. Auf dem Gehsteig, unter dem einfachen Volk, gingen Kaufleute, vornehme Damen und Offiziere ... Aber Fjodor beneidete sie nicht und murrte nicht mehr über sein Schicksal. Jetzt erschien es ihm, daß Reiche und Arme gleichermaßen übel dran seien. Die einen hatten die Möglichkeit, mit einer Kutsche zu fahren, die anderen, aus voller Kehle Lieder zu singen und Harmonika zu spielen, und im übrigen erwartete alle ein und dasselbe – das Grab. Im Leben, so meinte er, gebe es nichts, um dessentwillen man dem Teufel auch nur einen kleinen Teil seiner Seele verschreiben möchte.

Das Ausrufungszeichen

Der Kollegiensekretär Jefim Perekladin begab sich in der Weihnachtsnacht gekränkt und fast beleidigt zu Bett.

»Laß mich endlich in Ruhe, du unsauberer Geist!« knurrte er wütend seine Frau an, als sie ihn fragte, warum er in so düsterer Stimmung sei.

Die Ursache war, daß er von einem Besuch zurückgekehrt war, wo man ihm viele harte und sogar kränkende Dinge gesagt hatte. Man hatte anfangs ganz im allgemeinen vom Nutzen der Bildung gesprochen, war aber dann unmerklich zum Bildungsgrade übergegangen, der für die Beamten erforderlich sei, wobei vielfach Bedauern über den niedrigen Bildungsstand der untersten Rangstufe geäußert wurde, ja sogar Vorwürfe und Spott hörbar wurden. Auch in diesem Fall kam man, wie das in allen russischen Gesellschaften üblich ist, vom Allgemeinen auf das Persönliche.

»Wenn man Sie zum Beispiel betrachtet, Jefim Fomitsch«, wandte sich ein junger Mann zu Perekladin. »Sie versehen einen anständigen Posten ... doch welche Bildung haben Sie eigentlich genossen?«

»Gar keine. Von uns wird auch keine Bildung verlangt«, entgegnete Perekladin sanft. »Richtig schreiben ist alles, was man von uns fordert ...«

»Und wo haben Sie denn gelernt, richtig zu schreiben?«

»Die Gewohnheit hat es mit sich gebracht ... Während vierzig Dienstjahren kann man seine Hand leicht üben ... Anfangs fiel es mir freilich schwer, ich habe häufig Fehler gemacht, aber nach und nach gewöhnte ich mich daran ... und jetzt geht es gut ...«

»Und die Interpunktionszeichen?«

»Auch die Interpunktionszeichen machen mir keine Schwierigkeiten mehr ... Ich setze sie ganz richtig.«

»Hm! ...« Der junge Herr wurde verlegen. »Gewohnheit ist jedoch nicht das gleiche wie Bildung. Damit ist es nicht getan, daß Sie die Interpunktionszeichen richtig setzen ... das ist zuwenig! Sie müssen sie bewußt setzen! Wenn Sie ein Komma machen, müssen Sie auch wissen, weswegen Sie es machen ... Tja! Ihre unbewußte ... reflektive Rechtschreibung ist keine Kopeke wert. Das ist das Produkt einer Maschine und nichts weiter.«

Perekladin hatte nichts entgegnet und nur sanft gelächelt (der junge Herr war nämlich der Sohn eines Staatsrates und hatte selbst bereits das Anrecht auf einen Rang der X. Klasse); jetzt jedoch, da er sich schlafen legte, war er ganz Unwillen und Ärger.

Vierzig Jahre lang habe ich gedient, dachte er, und niemand hat mich je einen Narren genannt, jetzt dagegen finden sich mit einemmal Kritiker! »Unbewußt!« ... »Reflektiv!« »Produkt einer Maschine« ... Der Teufel soll dich holen! Es könnte sein, daß ich mehr als du verstehe, obwohl ich deine Universitäten nicht besucht habe!

Nachdem er in seinem Geist alle ihm bekannten Schimpfworte an die Adresse jenes Kritikers gerichtet hatte und inzwischen unter der Decke warm geworden war, kam Perekladin nach und nach zur Ruhe.

Weiß schon ... verstehe ..., dachte er einschlafend. Dort, wo ein Komma erforderlich ist, werde ich keinen Doppelpunkt setzen, mithin verstehe ich es doch und begreife es. Freilich ... So ist es, junger Mann ... Erst ein wenig leben und dienen, und dann erst darangehen, die Älteren zu kritisieren ...

Vor den geschlossenen Augen des einschlafenden Perekladin flog ein feuriges Komma wie ein Meteor durch eine Schar dunkler Wolken. Ein zweites und ein drittes folgten, und bald darauf war der ganze grenzenlose und dunkle Raum, der sich vor seinem inneren Blick erstreckte, von dichten Haufen fliegender Kommata bedeckt ...

Diese Kommas zum Beispiel ..., dachte Perekladin, während er fühlte, daß die süße Betäubung des anbrechenden Schlafes bereits über seinen Gliedern lagen. Ich kenne sie ausgezeichnet ... Einem jeden weiß ich seinen PLatz anzuweisen, wenn es gewünscht wird ... und zwar ... und zwar ganz bewußt und nicht nur so – so ... Prüf nur, und du wirst sehen ... Kommas werden an verschiedene Orte gesetzt, und zwar wo es nötig ist, oder auch wo es nicht nötig ist. Je verwickelter so ein Papier ist, um so mehr Kommas sind erforderlich. Sie werden vor »welcher« gestellt und vor »daß«. Und wenn in so einem Papier die Beamten aufgezählt werden, so muß ein jeder von ihnen durch ein Komma von den andern abgetrennt werden ... Das weiß ich!

Die goldenen Kommata kreisten und flogen vorüber. Feurige Punkte traten an ihre Stelle ...

Einen Punkt, den setzt man ans Ende eines jeden Papieres. Und wo man eine große Atempause machen und den Zuschauer anschauen muß, dort wird ebenfalls ein Punkt gemacht. Und nach allen sehr langen Stellen muß man ebenfals einen Punkt setzen, damit der Sekretär, der das Papier vorzulesen hat, nicht allen Speichel dabei verspritzt. Sonst aber setzt man nirgendwo einen Punkt ...

Und wieder kommen die Kommata ... Sie vereinigen sich mit den Punkten und wirbeln – und auf einmal sieht Perekladin ein ganzes Chaos von Strichpunkten und Doppelpunkten vor sich ...

Auch diese kenne ich ..., denkt er. Wo ein Komma zuwenig oder ein Punkt zuviel ist, dort gehört ein Strichpunkt hin. Vor »aber« und »folglich« gehört immer ein Strichpunkt ... Nun, und wie ist es mit den Doppelpunkten? Ein Doppelpunkt gehört immer nach den Worten »Beschluß gefaßt«, »Entscheidung getroffen« ...

Die Strichpunkte und Doppelpunkte erloschen. Nun kam die Reihe an die Fragezeichen. Diese hüpften aus den Wolken hervor und begannen alsbald einen wilden Cancan ...

Auch etwas Rechtes: ein Fragezeichen! Ja, selbst wenn Tausende herbeikämen, ich fände für alle einen Platz. Sie werden immer gesetzt, wenn man eine Anfrage macht oder sich zum Beispiel nach einem Papier erkundigt ... »Wohin wurde die Restsumme für das vergangene Jahr verbucht?« Oder: »Hält es die Polizeiverwaltung für möglich, die erwähnte Iwanowa?« und so weiter ...

Die Fragezeichen neigten zustimmend ihre krummen Buckel und reckten sich sogleich wie auf ein Kommando zu Ausrufungszeichen in die Höhe ...

Hm! ... Dieses Interpunktionszeichen wird häufig in Briefen angewendet. »Sehr geehrter Herr!« oder »Euer Exzellenz, Vater und Wohltäter! ...« Aber wann steht es denn in den Papieren?

Die Ausrufungszeichen reckten sich noch höher empor und machten endlich erwartungsvoll halt ...

In Papieren wird es gesetzt, wenn ... ja wenn ... ja wo denn? Hm! In der Tat, wo wird es denn nur in den Paieren gesetzt? Halt ein wenig ... ich muß mich erinnern ... Hm! ...

Perekladin öffnete die Augen und wälzte sich auf die andere Seite. Allein noch war es ihm nicht gelungen, die Augen wieder zu schließen, als plötzlich am dunklen Hintergrunde aufs neue die Ausrufungszeichen erschienen.

Hol sie doch der Teufel ... In welchen Fällen muß man sie eigentlich setzen? dachte er, bemüht, die ungeladenen Gäste aus seiner Phantasie zu verscheuchen. Sollte ich es wirklich vergessen haben? Entweder habe ich es vergessen, oder aber ... ich habe sie niemals gesetzt ...

Perekladin versuchte, sich an den Inhalt aller Papiere zu erinnern, die er im Laufe seiner vierzig Dienstjahre geschrieben; indes wie tief er auch nachdachte, wie sehr er auch die Stirn runzelte, nicht ein einziges Ausrufungszeichen konnte er in seiner Vergangenheit entdecken.

Was für eine tolle Geschichte! Seit vierzig Jahren schreibe ich und habe noch niemals ein Ausrufungszeichen gesetzt ... Hm! ... Wann setzt man ihn denn, den langen Satan?

Hinter einer Reihe von Ausrufungszeichen tauchte das verschlagen lächelnde Gesicht des jugendlichen Kritikers auf. Und auch die Interpunktionszeichen selber grinsten und verschmolzen zu einem riesenhaften Ausrufungszeichen.

Der Kollegiensekretär schüttelte den Kopf und öffnete die Augen.

Weiß der Teufel, was das ist ..., überlegte er. Morgen in aller Frühe muß ich zum Gottesdienst, und nun will mir diese Teufelei da nicht aus dem Kopf ... Pfui! Aber ... wann wird es denn gebraucht? Da sieht man's ja, die Gewohnheit! ... Da sieht man's, was Übung zu bedeuten hat! Im Laufe von vierzig Jahren kein einziges Ausrufungszeichen! Was?

Perekladin bekreuzigte sich und schloß die Augen, allein sogleich öffnete er sie wieder; immer noch stand am dunklen Hintergrunde das große Interpunktionszeichen ...

»Pfui Teufel! Auf diese Weise werde ich überhaupt nicht mehr einschlafen. – Marfuscha!« Er weckte seine Frau, die sich häufig dessen rühmte, daß sie den Kursus in einem Pensionat absolviert hatte. »Sag mal, mein Seelchen, weißt du nicht, wann eigentlich in Geschäftspapieren Ausrufungszeichen gesetzt werden?«

»Wie sollte ich das nicht wissen! Ich war nicht umsonst sieben Jahre lang im Pensionat. Ich kann die ganze Grammatik immer noch auswendig. Dieses Zeichen wird nur bei Anreden gesetzt sowie bei Ausrufen und bei Ausdrücken des Jubels, des Unwillens, der Freude, des Zornes und ähnlicher Gefühle.«

So, so ..., dachte Perekladin. Jubel, Unwillen, Freude, Zorn und ähnlicher Gefühle ...

Der Kollegiensekretär wurde nachdenklich ... Seit vierzig Jahren schrieb er nun diese Papiere, Tausende von Papieren hatte er geschrieben, Zehntausende, und trotzdem erinnerte er sich an keine einzige Zeile, die etwa Jubel ausgedrückt hätte oder Unwillen oder irgend etwas in dieser Art ...

Und ähnliche Gefühle ..., dachte er. Ja braucht man denn Gefühle bei Papieren? Papiere kann auch ein gefühlvoller Mensch schreiben ...

Die Fratze des jugendlichen Kritikers schaute wieder hinter den flammenden Zeichen hervor und lächelte verschlagen. Perekladin erhob sich und setzte sich im Bett auf. Der Kopf tat ihm weh, und kalter Schweiß trat ihm auf die Stirn ... In der Ecke brannte das Lämpchen mit sanftem, kleinem Licht, die Möbel sahen so feiertäglich und sauber aus, von allem strömte eine Wärme aus und die Anwesenheit einer Frauenhand; dem armen Beamten dagegen ward es kalt und ungemütlich, als wäre er an Typhus erkrankt. Und schon stand das Ausrufungszeichen nicht mehr vor seinen geschlossenen Augen, sondern es stand vor ihm im Zimmer, stand neben dem Toilettentisch seiner Frau und zwinkerte ihm spöttisch zu ...

»Schreibmaschine! Maschine!« flüsterte die Erscheinung und blies mit trockener Kälte den Beamten an. »Gefühlloser Klotz!«

Der Beamte zog die Decke übers Gesicht, allein auch unter der Decke verließ ihn die Erscheinung nicht; sie lehnte ihr Antlitz an die Schulter seiner Frau, und auch hinter der Schulter war das gleiche ...

Die ganze Nacht hindurch mußte sich der arme Perekladin plagen, und auch tagsüber wollte ihn die Vision noch nicht lassen. Er sah sich überall: in den Stiefeln, die er anzog, in der Teetasse, ja sogar in seinem Stanislausorden ...

Und ähnliche Gefühle ..., dachte er. Es ist wahr, es hat keine Gefühle gegeben ... Jetzt zum Beispiel werde ich zur Obrigkeit gehen, um meinen Namen einzuzeichnen ... tut man das etwa mit Gefühl? Man tut es eben so ... Eine Glückwunschmaschine ...

Als Perekladin auf die Straße trat und eine Droschke anrief, schien es ihm, als ob an Stelle des Kutschers ein Ausrufungszeichen heranführe.

Und als er ins Vorzimmer seines Vorgesetzten kam, sah er dort statt des Portiers das gleiche Zeichen ... Und all das sprach ihm von Jubel, von Unwillen, von Zorn ... Der Federkiel mit der Feder sah ebenfalls wie ein Ausrufungszeichen aus. Perekladin ergriff ihn, tauchte die Feder in die Tinte und unterzeichnete:

»Kollegiensekretär Jefim Perekladin!!!«

Und während er diese drei Interpunktionszeichen setzte, jubelte er, wurde er unwillig, freute er sich und kochte vor Zorn.

»Da hast du's endlich! Da hast du's!« brummte er und drückte die Feder kräftig aufs Papier.

Und das Flammenzeichen erklärte sich endlich befriedigt und verschwand.

DIE KUNST

Es ist ein düsterer Wintermorgen. Auf der glatten und blitzenden Oberfläche des Flüßchens Bystrjanka, die nur wenig verschneit ist, stehen zwei Bauern: der kurz geratene Serjoschka und der Kirchenwächter Matwej. Serjoschka, einige dreißig Jahre alt, kurzbeinig, abgerissen und kahlköpfig, blickt zornig aufs Eis. Von seinem abgetragenen Halbpelz heben sich hier und da Wollknäuel wie Haarbüschel bei einem haarenden Hunde ab. In den Händen hält er einen Zirkel aus zwei langen spitzen Stangen. Matwej, ein wohlgebildeter Alter in einem neuen Schafpelz und Filzstiefeln, schaut mit sanften blauen Augen nach oben, wo auf dem hohen abschüssigen Ufer das Dorf sich malerisch erstreckt. Er hält ein schweres Brecheisen in der Hand.

»Glaubst du vielleicht, wir wollen hier bis zum Abend mit gefalteten Händen stehen?« unterbricht

Serjoschka das Schweigen, während er mit zornigen Augen Matwej anblickt. »Bist du hergekommen, du alter Possenreißer, um hier zu stehen oder um zu arbeiten?«

»Na ja doch ... dann zeig schon her ...«, brummt Matwej und blinkert mit den Augen.

»Zeig schon her ... Immer soll ich es sein: ich soll's zeigen, ich soll's gar auch machen. Selber habt ihr keinen Verstand! Mit dem Zirkel abmessen, das braucht's! Ohne zu messen, kann man kein Eis brechen. Miß ab! Nimm den Zirkel!«

Alsbald nimmt Matwej den Zirkel aus Serjoschkas Hand und beginnt ungeschickt, auf einem Fleck hin und her tretend und mit den Ellbogen nach allen Seiten fuchtelnd, einen Kreis auf dem Eis zu ziehen. Verächtlich kneift Serjoschka die Augen dabei zu und genießt anscheinend die Verlegenheit und Unbildung des anderen. »Eh-he-he!« ärgert er sich. »Nicht mal das kannst du! Es heißt nicht umsonst: Bauernpack, dämliches! Gänse solltest du hüten, aber keine Wasserweihe machen! Gib den Zirkel her! Gib her, sag ich dir!«

Bei diesen Worten reißt Serjoschka den Zirkel aus den Händen des ganz in Schweiß geratenen Matwej und zieht in einem Nu, in verwegenem Schwung um die eigene Achse, einen Kreis. Und schon liegt der Umfang des Wasserloches für die beabsichtigte Wasserweihe fest; jetzt heißt es nur noch das Eis brechen ...

Bevor sie jedoch mit dieser Arbeit beginnen, spielt sich Serjoschka noch lange auf und macht seinem Begleiter Vorwürfe: »Ich bin nicht verpflichtet, für euch zu arbeiten! Du bist ein Kirchenangestellter, so schaff du's!«

Man sieht, er genießt die besondere Lage, in die ihn das Schicksal gestellt hat, das ihm ein solch seltenes Talent bescherte: einmal im Jahr die ganze Dorfgemeinde mit seiner Kunst in Staunen zu versetzen. Der arme, sanfte Matwej muß viele giftige und höhnende Worte von ihm hinnehmen. Serjoschka geht ärgerlich, zornig ans Werk. Es ödet ihn an. Kaum hat er den Kreis geschlagen, da zieht es ihn schon gewaltsam zum Dorf zurück, Tee möchte er trinken, bummeln, schwatzen. »Ich komme gleich ...«, sagt er und steckt sich eine Zigarette an. »Du kannst derweil, um nicht unnütz dazustehen und die Krähen zu zählen, etwas herbringen, worauf man sitzen kann, und außerdem könntest du den Schnee zusammenkehren.«

Matwej bleibt allein zurück. Die Luft ist grau und unwirtlich, aber es ist still. Aus den am Ufer verstreuten Hütten schaut freundlich die weiße Kirche vor. Um ihre goldenen Kreuze schwirren unablässig Dohlen. Abseits vom Dorf, wo der Uferhang jäh abbricht und steil wird, steht dicht am Abhang ein Pferd angekoppelt; regungslos steht es da, als wäre es von Stein, vermutlich schläft es, oder es denkt nach.

Matwej steht ebenfalls regungslos wie eine Bildsäule da und wartet geduldig. Das nachdenklichverschlafene Bild des Flusses, das Kreisen der Dohlen und das Pferd dort oben machen ihn müde. So vergeht eine Stunde und noch eine Stunde, Serjoschka jedoch kommt und kommt nicht. Schon längst ist das Eis saubergefegt, längst ist die Kiste da, auf der man sitzen kann, der kleine Säufer aber will sich nicht zeigen. Matwej wartet und gähnt nur ab und zu tief. Das Gefühl der Langweile ist ihm unbekannt. Wenn man ihm befehlen sollte, einen Tag auf dem Eise zu stehen, einen Monat oder gar ein Jahr, er würde es tun.

Endlich kommt Serjoschka. Er geht lässig und mag kaum auftreten. Weit zu gehen ist er zu faul; daher schlägt er nicht den Fußpfad ein, sondern wählt den kürzesten Weg, die gerade Linie von oben nach unten, wobei er im Schnee steckenbleibt, sich an die Büsche klammert, zuweilen auch auf den Rücken gleitet – und all das langsam und bedächtig. »Was soll denn das wieder heißen?« fährt er Matwej an. »Was stehst du herum und tust nichts? Wann willst du anfangen, das Eis zu brechen?« Matwej bekreuzigt sich, nimmt das Brecheisen in beide Hände und beginnt das Eis zu zerstampfen, wobei er sich streng an den aufgezeichneten Kreis hält. Serjoschka setzt sich auf die Kiste und beobachtet die schweren und unbeholfenen Bewegungen seines Gehilfen.

»Vorsicht an den Rändern! Vorsichtig!« kommandiert er. »Wenn du's nicht kannst, fang's nicht erst an, hast du's aber angefangen, dann bring's zu Ende! Paß auf, du!«

Oben am Hang sammelt sich eine Menge Volk. Beim Anblick der Zuschauer regt sich Serjoschka noch mehr auf!

»Wenn's mir nicht paßt, mach' ich nicht weiter ...«, wirft er hin, steckt sich eine stinkende Zigarette an und spuckt dabei aus. »Mal sehen, wie ihr ohne mich fertig werdet. Im vorigen Jahre hat in Kostjukowo der Stjopka Gulkow eine Wasserweihe auf meine Art zu machen versucht. Und was kam dabei heraus? Nichts als Blödsinn kam dabei raus. Die Leute aus Kostjukowo sind alle zu uns gekommen, eine unübersehbare Menge! Aus allen Dörfern sind die Leute herbeigeströmt.«

»Weil nirgendwo außer bei uns ein wirkliches Eisloch ...«

»Du arbeite lieber, hast jetzt keine Zeit zu quatschen ... Jawohl, Großvater ... In unserem ganzen Gouvernement ist keine solche Wasserweihe mehr zu finden. Die Soldaten sagen: Geh nur und such, sogar in den Städten ist es nichts damit. Vorsichtig, sei doch vorsichtig!«

Matwej ächzt und schöpft Luft. Die Arbeit ist nicht leicht. Das Eis ist zäh und tief; man muß es absplittern und die Stücke sogleich weit abseits schaffen, damit der Platz frei bleibt.

Allein wie schwer auch immer die Arbeit sein mag und wie unsinnig Serjoschkas Kommandos klingen, um drei Uhr mittags dunkelt bereits auf der Bystrjanka ein großes, ansehnliches Wasserloch.

»Im vorigen Jahr war es besser ...« Serjoschka ärgert sich. »Nicht mal das kannst du schaffen! Hast du einen Kopf! Und solche Dummköpfe stellt man an Gottes Tempel an! Geh zu, trag das Brett herbei, daß wir die Markierpfähle einschlagen können! Und bring den Kreis herbei, du Krähe! Und außerdem ... du könntest irgendwo unterwegs ein Brot fassen ... Vielleicht auch Gurken.«

Matwej verzieht sich und schleppt kurze Zeit darauf auf den Schultern einen riesigen Holzkreis herbei, der noch von den vorigen Jahren her mit verschiedenfarbigen Zierlinien versehen ist. Im Zentrum des Kreises befindet sich ein rotes Kreuz, an seinen Seiten aber sind die Löcher für die Markierpfähle. Serjoschka nimmt den Kreis und deckt damit das Eisloch zu.

»Akkurat ... es paßt ... Wir werden nur die Farbe erneuern müssen, dann ist es erster Klasse ... Nun, was stehst du herum? Mach das Chorpult! Oder vielleicht ... geh zu, hol Bretter her, damit wir das Kreuz anfertigen ...«

Matwej, der vom Morgen an weder gegessen noch getrunken hat, steigt wieder bergan. Wie träge auch Serjoschka sein mag, die Markierpfähle macht er selber, macht er eigenhändig. Denn er weiß, daß diese Pfähle eine Zauberkraft besitzen: Wem nach der Wasserweihe ein solcher Markierpfahl zufällt, der hat das ganze Jahr hindurch Glück. Kann man das etwa eine undankbare Arbeit nennen?

Die wirkliche Arbeit jedoch beginnt erst am folgenden Tage. Und hier zeigt sich Serjoschka vor dem ungebildeten Matwej in der ganzen Größe seiner Begabung. Sein Geschwätz, seine Vorwürfe, seine Launen und Gelüste finden kein Ende. Wenn Matwej aus zwei großen Brettern ein hohes Kreuz zusammenschlägt, ist er damit unzufrieden und befiehlt, es neu zu machen. Wenn Matwej steht, ärgert sich Serjoschka, daß jener nicht geht. Geht er aber, dann schreit ihn Serjoschka an, er solle nicht gehen, sondern arbeiten. Und weder die Instrumente genügen ihm noch das Wetter, noch die eigene Begabung; nichts ist vorhanden, was ihm zusagt.

Matwej stemmt ein großes Eisstück für das Chorpult aus.

»Warum hast du da die Ecke abgeschlagen?« schreit Serjoschka und rollt ärgerlich die Augen. »Warum, frage ich dich, hast du die Ecke abgeschlagen?«

»Verzeih es mir um Christi willen.«

»Mach's von neuem!«

Und wieder stemmt Matwej ein Stück Eis aus ...

und kein Ende nehmen seine Qualen! Neben dem Wasserloch, das von dem verzierten Holzkreis bedeckt wird, hat das Chorpult zu stehen; auf dem Chorpult muß ein Kreuz ausgemeißelt werden und ein aufgeschlagenes Evangelium. Doch das ist noch nicht alles. Hinter dem Chorpult muß ein hohes Kreuz aufragen, der ganzen Menge sichtbar, und es muß im Sonnenschein glänzen, als wäre es von Demanten und Rubinen bedeckt. Auf dem Kreuz hat eine Taube zu hocken, ebenfalls aus Eis gemeißelt. Der Pfad von der Kirche bis zum »Jordan« muß mit Tannenzweigen und Wacholder bedeckt sein. Also lautet die Aufgabe.

Zunächst macht sich Serjoschka an das Chorpult. Er arbeitet mit Raspel, Stemmeisen und Ahle. Das Kreuz auf dem Pult, das Evangelium und das Epitrachelion, das vom Chorpult herabhängt, gelingen ihm vortrefflich. Hierauf macht er sich an die Taube. Während er bemüht ist, dem Antlitz der Taube Sanftmut und Demut zu verleihen, befaßt sich Matwej mit bärenhaften Bewegungen mit dem aus Brettern zusammengeschlagenen Kreuz. Er nimmt das Kreuz und hält es ins Wasserloch. Dann wartet er, bis das Wasser auf dem Kreuz gefroren ist, und steckt es aufs neue ins Wasserloch, und dies so lange, bis die Bretter von einer dicken Eisschicht bedeckt sind ... Die Arbeit ist nicht leicht, sie verlangt ein Übermaß an Kraft und Geduld.

Doch nun ist die feine Arbeit zu Ende. Serjoschka läuft wie verrückt im Dorf auf und ab. Er stolpert, er schimpft, er flucht, gleich werde er zum Fluß gehen und die ganze Arbeit abreißen; denn er sucht Farben, die ihm genehm sind.

Seine Taschen sind voll von Ocker, Waschblau, Mennige und Kupferoxyd; ohne auch nur eine Kopeke zu bezahlen, rast er Hals über Kopf aus dem einen Laden und fegt in den andern. Aus dem Laden in die Schenke ist es ein Katzensprung. Dort hebt er einen, schwenkt nur die Hand und fliegt, ohne zu zahlen, weiter. In der einen Hütte faßt er Zuckerrüben, in der andern Zwiebelschalen, aus denen er gelbe Farbe macht. Er schimpft, er stößt die Leute beiseite, er droht ... niemand antwortet ihm im gleichen Ton! Alle lächeln ihm zu, alle fühlen mit ihm, ein jeder nennt ihn höflich Sergei Nikitisch; denn alle spüren, daß seine Kunst keine persönliche Angelegenheit mehr ist, daß sie eine allgemeine, daß sie eine Angelegenheit des gesamten Volkes ist. Der eine schafft, während alle anderen ihm behilflich sind. Serjoschka selber ist an und für sich ein Tunichtgut, ein Faulpelz, ein Säufer und Verschwender; wenn er aber Mennige in der Hand hat oder den Zirkel hält, dann ist er etwas Höheres, dann ist er ein Knecht Gottes.

So beginnt der Morgen des Festes der Heiligen Drei Könige. Die Kirchenmauern und beide Flußufer sind weit hinaus mit Volk bedeckt. Alles, was den »Jordan« darstellt, ist sorgsam mit neuen Bastdecken zugedeckt. Serjoschka geht friedfertig um die Bastdecken herum, bemüht, seine Erregung zu beschwichtigen. Er sieht die Tausende der Volksmenge: viele sind aus fremden Kirchspielen gekommen; alle diese Leute sind in Frost und Schnee kilometerweit zu Fuß gewandert, nur um seinen berühmten Jordan zu sehen. Matwej, der längst seine schwere Arbeit beendet hat, ist in der Kirche; man sieht ihn nicht, man hört ihn nicht; man hat ihn schon längst vergessen ... Das Wetter ist wunderbar ... Am Himmel steht kein Wölkchen. Die Sonne leuchtet und blendet.

Oben ertönen die Kirchenglocken ... Tausend Häupter entblößen sich, Tausende von Armen bewegen sich und schlagen Tausende von Kreuzeszeichen.

Serjoschka weiß nicht wohin vor Ungeduld. Endlich läutet es zur Kommunion; eine halbe Stunde später macht sich auf dem Glockenturm und in der Menge eine Bewegung bemerkbar. Aus der Kirche werden eine nach der andern die Kreuzfahnen getragen, es ertönt ein munteres, eiliges Glockenläuten. Mit bebender Hand reißt Serjoschka die Bastmatten fort ... und das Volk sieht etwas ganz Ungewöhnliches: Das Chorpult, der Holzkreis, die Markierpfähle und das Kreuz auf dem Eis blitzen und flimmern in tausend Farben. Das Kreuz und die Taube strahlen so funkelnd, daß es weh tut hinzuschauen ... Gnädiger Gott, wie

schön ist das doch! Durch die Menge geht ein Auf-
atmen des Staunens und des Entzückens; das Glok-
kenläuten wird lauter, der Tag scheint noch klarer
zu werden. Die Kirchenfahnen flattern und bewegen sich über der Menge, als gingen sie auf Wellen.
Der Kreuzgang, mit den schimmernden Ornaten
der Ikonen und der Geistlichen, bewegt sich langsam den Pfad hinab und strebt zum Jordan. Hände
winken zum Glockenturm hinauf, damit man auf-
höre zu läuten, da die Wasserweihe beginnt. Es ist
ein langer Gottesdienst, er wird langsam vollzogen,
um den Triumph und die Freude des allgemeinen
Volksgebetes zu verlängern. Ruhe tritt ein.

Dann aber wird das Kreuz ins Wasser gesenkt,
und sogleich entsteht ein ungewöhnlicher, ohren-
betäubender Lärm: das Knattern der Gewehre, das
erregte Glockenläuten, die lauten Ausrufe des Entzückens, die Schreie und das Gedränge bei der Jagd
nach den Markierpfählen. Und Serjoschka horcht
auf diesen Lärm, er sieht die tausend auf ihn gerich-
teten Augen, und die Seele des Faulpelzes ist erfüllt
vom Gefühl des Ruhmes und der Triumphes.

EIN GROSSES EREIGNIS

Es ist Morgen. Durch die Eisblumen hindurch, mit denen die Fensterscheiben überzogen sind, dringt das helle Sonnenlicht in das Kinderzimmer. Wanja, ein Knabe von sechs Jahren, kurzgeschoren, mit einer Nase, die wie ein Knopf aussieht, und seine Schwester Nina, ein vierjähriges Mädchen mit krausen Locken, von rundlichen Körperformen, aber für ihr Lebensalter etwas klein von Wuchs, wachen auf und schauen einander durch die Gitter ihrer Bettchen böse an.

»Aber, aber, aber!« schilt die Kinderfrau. »Ihr schämt euch auch wohl gar nicht! Ordentliche Leute haben schon Tee getrunken, und ihr könnt immer noch nicht die Augen aufbekommen!«

Die Sonnenstrahlen treiben auf dem Teppich, an den Wänden und an den Rockfalten der Kinderfrau lustig ihr Wesen, als riefen sie den Kindern zu: Hascht uns doch mal! Aber die Kinder achten nicht darauf. Sie sind in übler Laune aufgewacht. Nina wirft die Lippen auf, macht ein sauertöpfisches Gesicht und ruft in langgezogenem Klageton der Kinderfrau zu: »Ich – will – Tee–ee–ee! Ich – will – Tee–ee–ee!«

Wanja runzelt die Stirn und überlegt, was er wohl zum Anlaß nehmen könnte, um loszuheulen. Er hat schon die Augen halb zugekniffen und den

Mund geöffnet; aber da ertönt aus dem Salon die Stimme der Mama, die den Dienstboten zuruft: »Vergeßt auch nicht, der Katze Milch zu geben! Sie hat jetzt Junge!«

Wanja und Nina sperren vor Überraschung den Mund auf, so daß ihre Gesichtchen ganz lang erscheinen, und sehen einander erstaunt an; dann kreischen sie beide auf einmal auf und laufen unter lautem Geschrei barfuß, in bloßen Hemdchen in die Küche.

»Die Katze hat Junge bekommen!« schreien sie. »Die Katze hat Junge bekommen!«

In der Küche steht unter der Bank ein kleiner Kasten, in welchem Stepan den Koks trägt, wenn er den Kamin heizt. Aus dem Kasten schaut die Katze heraus. Ihrem grauen Frätzchen ist die äußerste Ermüdung anzusehen; die grünen Augen mit den schmalen, schwarzen Pupillen blicken matt und sentimental ... Man kann es ihr vom Gesicht ablesen, daß, um ihr Glück vollkommen zu machen, nichts weiter fehlt, als daß in dem Kasten auch »er« anwesend wäre, der Vater ihrer Kinder, dem sie sich in freier Liebe zu eigen gegeben hat! Sie möchte miauen und macht das Maul weit auf; aber nur ein heiseres Zischen kommt aus ihrer Kehle ... Man hört das Winseln der kleinen Kätzchen.

Die Kinder kauern sich vor dem Kasten hin und betrachten, ohne sich zu rühren, mit angehaltenem Atem die alte Katze ... Sie sind von Verwunderung und Staunen ganz benommen und hören gar nicht, wie die Kinderfrau, die ihnen nachgelaufen ist, schilt. In den Augen beider glänzt die innnigste Freude.

In der Geistesbildung und dem Leben der Kinder spielen die Haustiere eine unauffällige, aber zweifellos sehr wohltätige Rolle. Wer von uns erinnert sich nicht an die starken, aber edelmütigen großen Doggen, an die müßigen, leckerhaften Schoßhündchen, an die Vögelchen, die im Käfig starben, an die dummen, aber hochmütigen Truthähne, an die sanften, alten Katzen, die es uns sogar verziehen, wenn wir ihnen zu unserem Amüsement auf den Schanz traten und ihnen dadurch grausame Schmerzen bereiteten? Mir will es sogar manchmal scheinen, daß die Geduld, die Treue, die Aufrichtigkeit, die löbliche Eigenschaft, nichts nachzutragen, wie sie unseren Haustieren beiwohnen, auf die Seele des Kindes weit kräftiger und energischer einwirken als die langen Vorhaltungen des trockenen, bläßlichen deutschen Hauslehrers oder die konfusen Redereien der Gouvernante, die sich bemüht, den Kindern auseinanderzusetzen, daß das Wasser aus Sauerstoff und Wasserstoff besteht.

»Ach wie klein, wie klein!« sagt Nina, die die Kätzchen mit großen Augen betrachtet, und bricht in ein lustiges Lachen aus. »Ganz wie kleine Mäuse!«

»Eins, zwei, drei!« zählt Wanja. »Drei kleine

Katzen. Also eine für mich, eine für dich, und dann bleibt noch eine für einen übrig.«

»Murr ... murr ...«, schnurrt die Wöchnerin, die sich durch die ihr erwiesene Beachtung geschmeichelt fühlt. »Murr.«

Als die Kinder die Kätzchen hinlänglich betrachtet haben, holen sie sie unter der alten Katze hervor und fangen an, sie in den Händen zu liebkosen und zu drücken; dann, als ihnen das nicht mehr genügt, legen sie sie in den Schoß ihrer Hemden und laufen damit in die Stuben.

»Mama, die Katze hat Junge bekommen!« rufen sie.

Die Mutter sitzt im Salon mit einem fremden Herrn. Als sie die Kinder erblickt, ungewaschen, unangezogen, mit hochgehaltenen Hemdchen, wird sie verlegen und macht ein strenges Gesicht.

»Laßt die Hemden herunter! Schämt ihr euch denn gar nicht?« sagt sie. »Gleich raus mit euch, sonst werde ich sehr böse.«

Aber die Kinder kümmern sich weder um die Drohungen der Mutter noch um die Anwesenheit eines Fremden. Sie legen die Kätzchen auf den Teppich und kreischen vor Freude laut auf. Um sie herum geht die Wöchnerin und miaut flehentlich. Während bald darauf Wanja und Nina in das Kinderzimmer transportiert und dort angekleidet werden und während sie dann ihr Gebet sprechen und ihren Tee trinken müssen, sind sie von dem leidenschaftlichen Wunsche erfüllt, diese prosaischen Obliegenheiten recht schnell zu erledigen und wieder in die Küche zu laufen.

Die gewöhnlichen Beschäftigungen und Spiele sind völlig abgesetzt. Die Kätzchen stellen durch ihr Erscheinen in der Welt alles andere in den Schatten; sie sind die aufregende Neuigkeit, die brennende Tagesfrage. Wenn man den Kindern für jedes Kätzchen einen ganzen Sack voll Zuckerwerk oder hundert Rubel anböte, so würden sie ein solches Tauschgeschäft, ohne sich einen Augenblick zu besinnen, ablehnen. Die ganze Zeit über bis zum Mittagessen sitzen sie, trotz wiederholten, entschiedenen Protests der Kinderfrau und der Köchin, in der Küche bei dem Kasten und amüsieren sich mit den kleinen Katzen. Ihre Gesichter sind ernst, nachdenklich und nicht ohne einen Ausdruck von Sorge. Sie beunruhigten sich nicht nur über die Gegenwart, sondern auch über die Zukunft der jungen Katzen. Sie haben sich bis dahin entschieden, daß das eine Kätzchen bei der alten Katze zu Hause bleiben soll, um seine Mutter zu trösten; das zweite soll mit in die Sommerfrische reisen; und das dritte soll im Keller wohnen, wo es so viele Ratten gibt.

»Aber warum sehen sie denn nicht?« fragt Nina verwundert. »Sie haben ja blinde Augen, gerade wie die Bettler.«

Auch Wanja regt sich über diese Frage auf. Er versucht, einem der Kätzchen die Augen aufzumachen, und müht sich lange schnaufend und keuchend ab; aber seine Operation bleibt erfolglos. Nicht wenig beunruhigt die Kinder auch der Umstand, daß die Kätzchen sich gegen das Fleisch und die Milch, die sie ihnen anbieten, hartnäckig sträuben. Alles, was sie ihnen vor die Schnäuzchen legen, wird von der grauen Mama aufgefressen.

»Weißt du, wir wollen den Kätzchen Häuser bauen«, schlägt Wanja vor. »Sie müssen jedes in einem besonderen Haus wohnen, und die alte Katze muß dann zu ihnen auf Besuch kommen.«

In verschiedenen Ecken der Küche werden leere Hutkartons aufgestellt. Darin werden die Kätzchen einquartiert. Aber eine solche Trennung der Familie stellt sich als verfrüht heraus: Die alte Katze, die ihren flehenden und sentimentalen Gesichtsausdruck immer noch beibehalten hat, geht zu einem Karton nach dem andern und trägt ihre Kinder wieder an ihren früheren Platz.

»Die Katze, das ist den Kätzchen ihre Mutter«, bemerkt Wanja. »Aber wer ist der Vater?«

»Ja, wer ist der Vater?« wiederholt Nina.

»Einen Vater müssen sie haben.«

Wanja und Nina beratschlagen lange, wer zu den Kätzchen Vater sein soll, und schließlich fällt ihre Wahl auf ein großes, dunkelrotes Pferd mit ausgerissenem Schwanz, das in der Rumpelkammer unter der Treppe liegt und dort zusammen mit anderem zerbrochenen Spielzeug den Rest seiner Tage verbringt. Sie schleppen es aus der Kammer und stellen es neben den Kasten.

»Hörst du wohl?« ermahnen sie es. »Bleib hier stehen und paß auf sie auf, daß sie auch hübsch artig sind.«

All dies wird mit dem größten Ernst und mit sorglicher Miene geredet und getan. Außer dem Kasten mit den Kätzchen wollen Wanja und Nina von der ganzen Welt nichts wissen. Ihre Freude ist grenzenlos. Aber es ist ihnen beschieden, auch schwere, qualvolle Augenblicke zu durchleben.

Kurz vor dem Mittagessen sitzt Wanja im Arbeitszimmer des Vaters und blickt in träumerischem Entzücken auf den Tisch. Neben der Lampe kriecht unbeholfen auf dem Stempelpapier eines der Kätzchen umher. Wanja verfolgt alle seine Bewegungen und stößt es bald mit dem Bleistift, bald mit einem Streichholz in das Schnäuzchen ... Plötzlich steht, wie aus der Erde gewachsen, neben dem Tisch der Vater. »Was ist denn das?« hört Wanja ihn zornig fragen.

»Das ... das ist ein kleines Kätzchen, Papa ...«

»Na warte, ich will dich lehren! Du mit deiner Katze! Nun sieh mal, was du angerichtet hast, du unnützer Junge! Das ganze Papier hast du mir schmutzig gemacht!«

Zu Wanjas größtem Erstaunen teilt der Papa

seine zärtlichen Gefühle gegen die Kätzchen ganz und gar nicht, und statt in Entzücken zu geraten und sich zu freuen, zieht er Wanja am Ohr und ruft: »Stepan, schaff das greuliche kleine Biest heraus!«

Auch beim Mittagessen gibt es eine aufregende Szene. Während des zweiten Ganges hören die Speisenden auf einmal ein Quieken. Es wird eine Untersuchung über die Entstehung dieses Geräusches angestellt, und man findet unter Ninas Schürze eine der kleinen Katzen.

»Mach, daß du vom Tisch wegkommst, Nina!« ruft der Vater ärgerlich. »Den Augenblick sollen die Katzen in die Grube geworfen werden! Ich will das Viehzeug nicht länger im Hause haben!«

Wanja und Nina bekommen einen furchtbaren Schreck. Der Tod in der Grube ist nicht nur ein grausamer Tod, sondern droht auch außerdem die Katze und das hölzerne Pferd ihrer Kinder zu berauben, die Wohnung im Kasten öde und leer zu machen und die schönen Zukunftspläne zu zerstören, wonach das eine Kätzchen seine alte Mutter trösten, das andere in der Sommerwohnung leben und das dritte im Keller Ratten fangen sollte ... Die Kinder fangen an zu weinen und bitten flehentlich um Gnade für die Kätzchen. Der Vater läßt sich erweichen, aber nur unter der Bedingung, daß die Kinder sich nicht mehr unterstehen, in die Küche zu gehen und die Kätzchen anzufassen.

Nach dem Mittagessen treiben sich Wanja und Nina in allen Zimmern umher und fühlen sich höchst unglücklich. Das Verbot, in die Küche zu gehen, hat sie in tiefe Niedergeschlagenheit versetzt. Sie lehnen sogar Süßigkeiten ab, sind eigensinnig und benehmen sich unartig gegen die Mutter. Als am Abend Onkel Peter kommt, führen sie ihn beiseite und beklagen sich bei ihm über den Vater, der die Kätzchen hat in die Grube werfen wollen.

»Onkel Peter«, bitten sie ihn, »sag doch zu Mama, sie möchte die Kätzchen bei uns in der Kinderstube wohnen lassen. Sa-ag es ihr doch!«

»Na ja, na ja ... schön!« erwidert der Onkel, um sie loszuwerden. »Jawohl, jawohl!«

Onkel Peter kommt gewöhnlich nicht allein. Mit ihm erscheint auch Nero, eine große, schwarze dänische Dogge mit herabhängenden Ohren und einem Schwanz, der so fest ist wie ein Stock. Dieser Hund ist schweigsam, finster und ganz von dem Gefühl seiner eigenen Würde erfüllt. Den Kindern wendet er nicht die geringste Aufmerksamkeit zu, und wenn er an ihnen vorbeigeht, so schlägt er an sie mit dem Schwanz, gerade wie an die Stühle. Die Kinder hassen ihn von ganzer Seele; aber diesmal tragen bei ihnen Erwägungen praktischer Art den Sieg über die Gefühle davon.

»Weißt du was, Nina?« sagte Wanja und macht große Augen. »Statt des Pferdes kann ja Nero der

Vater sein! Das Pferd ist tot, und er ist doch lebendig.«

Den ganzen Abend über warten sie auf den Augenblick, wo der Papa sich hinsetzen wird, um Karten zu spielen, und es somit möglich sein wird, Nero unbemerkt in die Küche zu bringen. Da! Endlich setzt sich der Papa an den Kartentisch, die Mama hat mit dem Samowar zu tun und blickt nicht nach den Kindern hin ... Der günstige Zeitpunkt ist da.

»Nun komm!« flüstert Wanja der Schwester zu.

Aber in diesem Augenblick kommt Stepan herein und berichtet lachend: »Gnädige Frau, der Nero hat die kleinen Katzen aufgefressen!«

Nina und Wanja werden ganz blaß und sehen Stepan erschrocken an. »Ganz gewiß«, fährt der Diener, immer noch lachend, fort. »Er ging an den Kasten und schlang sie hinunter.«

Die Kinder haben die Vorstellung, alle Leute, die es im Haus gibt, werden in Empörung geraten und über den schändlichen Nero herfallen. Aber die Leute bleiben ruhig auf ihren Plätzen sitzen und wundern sich nur über den Appetit des gewaltigen Hundes. Papa und Mama lachen. Nero kommt an den Tisch, wedelt mit dem Schwanz und leckt sich höchst befriedigt das Maul ... Unruhig ist nur die Katze. Den Schwanz lang ausstreckend, geht sie in den Zimmern umher, sieht die Menschen argwöhnisch an und miaut kläglich.

»Kinder, es ist schon neun durch! Es ist Zeit, daß ihr schlafen geht!« ruft die Mama.

Wanja und Nina werden zu Bett gebracht, weinen und denken lange an die arme Katze, der so schweres Leid zugefügt ist, und an den frechen, grausamen Nero, den niemand für seine Untat bestraft hat.

SCHERZ

Ein klarer Wintertag um die Mittagszeit ... Bitterer, krachender Frost, Nadjenka hat meinen Arm genommen, silbriger Reif bedeckt ihre Locken, die sich an ihren Schläfen kräuseln, und den Flaum auf ihrer Oberlippe. Wir sind auf einem hohen Schneeberge. Von dem Platz, auf dem wir stehen, zieht sich bis zum Erdboden eine abschüssige Fläche hin, von der die Sonne widerstrahlt, als blickte sie in einen Spiegel. Neben uns steht ein kleiner Schlitten, mit hellrotem Tuch bezogen.

»Lassen Sie uns nach unten rodeln, Nadeschda Petrowna!« spreche ich flehend. »Nur einmal! Seien Sie davon überzeugt, daß wir heil und ganz bleiben werden!«

Jedoch Nadjenka fürchtet sich. Der Abhang, der sich von ihren kleinen Gummischuhen bis zum

Ende des Eisberges hinzieht, scheint ihr eine schreckliche, unermeßlich tiefe Schlucht zu sein. Als ich ihr den Vorschlag mache, sich auf den Schlitten zu setzen, schaut sie hinunter, und der Anblick verschlägt ihr den Atem; was aber wird erst geschehen, wenn sie es wirklich wagen sollte, in diesen Abgrund hineinzufliegen! Sie wird dann gewiß sterben oder verrückt werden.

»Ich flehe Sie an!« rufe ich. »Sie brauchen sich nicht zu fürchten! So verstehen Sie doch, daß es nichts als Kleinmut und Feigheit ist!«

Nadjenka willigt zum Schluß ein, aber ich sehe es ihrem Gesicht an, daß sie mit dem Bewußtsein einwilligt, sich einer Lebensgefahr auszusetzen. Ich setze sie, die bleich ist und zittert, in den Schlitten, umschlinge sie mit dem Arm und werfe mich mit ihr in den Abgrund.

Der Schlitten fliegt wie ein Geschoß dahin. Die Luft, die wir durchschneiden, schlägt uns ins Gesicht, heult, pfeift in den Ohren, zerrt an uns, zaust uns boshaft, so daß es weh tut, und möchte uns am liebsten die Köpfe abreißen. Der Druck des Windes macht es uns unmöglich, Atem zu schöpfen. Es scheint, daß uns der Satan selber mit seinen Klauen umfangen hält und uns mit Gebrüll in die Hölle schleift. Die Gegenstände der Umgebung verschmelzen zu einer einzigen langen, rasend schnell vorübergleitenden Fläche ... Noch ein Augenblick, und es scheint fast, daß wir zugrunde gehen!

»Ich liebe Sie, Nadja!« sagte ich halblaut.

Nach und nach beginnt der Schlitten langsamer zu gleiten, leiser wird das Heulen des Windes, das Sausen der Schlittenkufen ist nicht mehr so schreckerregend wie zuvor, nicht verschlägt der schnelle Flug länger den Atem, und so langen wir endlich unten an. Nadjenka ist halbtot. Sie ist blaß und kann kaum atmen ... Ich helfe ihr aus dem Schlitten.

»Um keinen Preis der Welt fahre ich noch einmal«, sagt sie und sieht mich mit weitgeöffneten Augen voller Schrecken an. »Um nichts in der Welt! Ich wäre fast gestorben!«

Bald darauf kommt sie wieder zur Besinnung und blickt mir fragend in die Augen: Ob ich es wohl gewesen sei, der jene vier Worte gesagt, oder ob es nur das Rauschen des Windes war, das sie ihr zutrug? Ich stehe neben ihr, rauche und betrachte aufmerksam meinen Handschuh.

Sie nimmt meinen Arm, und wir gehen lange am Fuß des Berges spazieren. Allein das Rätsel läßt ihr offensichtlich keine Ruhe. Wurden jene Worte ausgesprochen oder nicht? Ja oder nein? Ja oder nein? Dies ist eine Frage der Eitelkeit und des Ehrgeizes, doch auch eine Frage des Lebens und des Glücks, eine sehr wichtige Frage, die allerwichtigste auf der Welt. Ungeduldig und schwermütig schaut mich Nadjenka mit einem durchdringenden Blick an, sie antwortet auf gut Glück und wartet, ob ich nicht zu sprechen beginnen werde. O welch ein Spiel des Ausdrucks zieht über dieses liebe Gesichtchen, welch ein Spiel! Ich sehe, daß sie mit sich selber kämpft, sie will etwas sagen, will etwas fragen, aber sie findet das Wort nicht, sie ist verlegen, sie hat Angst, und die Freude macht sie fast atemlos ...

»Wissen Sie was?« sagt sie und schaut mich dabei nicht an.

»Was?« frage ich.

»Wollen wir noch einmal ... rodeln?«

Wir steigen die Treppe hinan, die auf den Berg führt. Und wieder setze ich die bleiche und zitternde Nadjenka auf den Schlitten, wieder fliegen wir in den furchtbaren Abgrund, wieder heult der Wind und sausen die Schlittenkufen, und wieder flüstere ich beim allerschnellsten und geräuschvollsten Fluge des Schlittens halblaut: »Ich liebe Sie, Nadjenka!«

Der Schlitten hält an, Nadjenka wirft einen Blick auf den Berg zurück, den wir soeben hinuntergeglitten sind, und schaut dann lange in mein Gesicht, sie horcht auf meine Stimme, die gleichmäßig und leidenschaftslos klingt, und alles an ihr, sogar ihr Muff und ihre Kapuze, geschweige denn ihre Figur, drückt äußerstes Erstaunen aus. Auf ihrem Gesicht steht geschrieben: Was ist denn los? Wer hat denn *jene* Worte gesprochen? War das er, oder kam es mir nur so vor?

Die Ungewißheit beunruhigt sie, ja sie macht sie

fast ungeduldig. Das arme Mädchen antwortet auf keine Frage mehr, runzelt die Stirn und möchte eigentlich in Weinen ausbrechen.

»Sollen wir nicht nach Hause gehen?« frage ich.

»Mir ... mir gefällt das Rodeln«, sagt sie errötend. »Ob wir es nicht vielleicht noch einmal versuchen sollten?«

Ihr gefällt dieses Rodeln, trotzdem aber ist sie jedesmal, wenn sie sich auf den Schlitten setzt, blaß, wie auch schon zuvor, sie ist atemlos vor Furcht und bebt.

Wir gleiten zum drittenmal hinunter, und ich bemerke dieses Mal, daß sie mir ins Gesicht schaut und daß ihr Blick an meinen Lippen hängt. Allein ich drücke ein Tuch an meine Lippen, räuspere mich und vermag dennoch, als wir die Mitte des Berges erreichen, zu flüstern: »Ich liebe Sie, Nadja!«

Das Rätsel bleibt Rätsel! Nadjenka schweigt und überlegt tief ... Ich bringe sie nach Hause, sie geht, so langsam sie kann, sie verzögert ihre Schritte immer mehr und wartet nur auf das eine, ob ich nicht am Ende jene Worte wieder sagen werde. Und ich sehe ja nur zu deutlich, wie ihr Seelchen leidet, ich sehe, wie sie sich die größte Mühe gibt, sich selber zu bezwingen, damit sie nicht sage: »Es kann nicht sein, daß nur der Wind das gesagt hat! Und außerdem will ich nicht, daß es nur der Wind gesagt hat!«

Am nächsten Tag erhalte ich frühmorgens einen Zettel: »Wenn Sie heute rodeln gehen, holen Sie mich bitte ab. N.« Und von diesem Tage an gehe ich nunmehr täglich mit Nadjenka zur Rodelbahn und flüstere ihr jedesmal, wenn wir zusammen auf dem Schlitten in die Tiefe fliegen, halblaut immer die gleichen Worte ins Ohr: »Ich liebe Sie, Nadja!«

Nadjenka gewöhnt sich nach und nach an diesen Satz, so wie man sich an Wein gewöhnt oder an Morphium. Sie kann ohne ihn nicht mehr leben. Es ist wahr, vom Berg hinunterzusausen ist nach wie vor äußerst schreckvoll, allein die Angst und die Gefahr, welch eigenen Zauber verleihen sie jenen Worten von der Liebe, den Worten, die nach wie vor ein Rätsel bleiben und Unruhe in die Seele tragen. Der Verdacht richtet sich immer noch auf zwei: auf mich und auf den Wind ... Wer von den beiden eigentlich die Liebesgeständnisse macht, weiß sie nicht, und es ist ihr augenscheinlich schon gleichviel; denn es ist ja gleich, aus welchem Gefäß man trinkt, wichtig ist nur, daß man trunken wird.

Ich begab mich eines Tages um die Mittagszeit allein zur Rodelbahn; ich mischte mich in die Schar der anderen und sah, daß Nadjenka zum Berge kam und mich mit den Augen suchte ... Darauf stieg sie zaghaft allein hinauf ... Es ist schrecklich, allein zu rodeln, o wie schrecklich ist das! Sie ist blaß wie der Schnee, sie bebt, sie geht wie zur Hinrichtung, allein sie geht, sie geht, ohne sich umzuschauen und nicht ohne Entschlossenheit. Es ist klar, daß sie sich endlich entschlossen hat, es auszuprobieren, ob sie dieselben erstaunlichen und süßen Worte hört, wenn ich nicht da bin. Ich sehe, wie sie blaß und mit einem Mund, den das Entsetzen geöffnet hat, sich auf den Schlitten setzt, die Augen schließt und, auf ewig von der Welt Abschied nehmend, abstößt ... »Schschsch« ... sausen die Schlittenkufen. Ob Nadjenka jene Worte hört, weiß ich nicht ... Ich sehe nur, daß sie sich erschöpft und ganz schwach erhebt, als der Schlitten hält. Und man sieht es ihr am Gesicht an, daß sie im Grunde genommen selber nicht weiß, ob sie etwas gehört hat oder nicht. Als sie nämlich hinunterglitt, hatte die Angst ihr offenbar jede Fähigkeit, zu hören, Laute zu unterscheiden und zu verstehen, genommen ...

Der Frühlingsmonat März bricht an ... Die Sonne wird immer wärmer. Unser Eisberg dagegen wird immer dunkler, er verliert seinen Glanz, und schließlich schmilzt er davon. Das Rodeln hört auf. Die arme Nadjenka kann nirgends mehr jene Worte hören, denn niemand mehr ist da, der sie sprechen könnte, da sie jenen Sturm nicht mehr hören wird und ich meine Vorbereitungen treffe, nach Petersburg überzusiedeln, vielleicht auf lange, vielleicht auf immer.

Zwei Tage vor meiner Abreise sitze ich in der Dämmerung in unserem Gärtchen, dieses Gärtchen ist von Nadjenkas Hof nur durch einen hohen

Zaun mit Nägeln getrennt ... Es ist noch ziemlich kalt, unter dem Dünger liegt Schnee, die Bäume sind noch tot, aber schon riecht es nach Frühling, und geräuschvoll schreien die Krähen, die sich zur Ruhe begeben. Ich gehe zum Zaun und schaue lange durch eine Ritze. Ich sehe, wie Nadjenka aus dem Hause tritt und ihren traurigen, schwermütigen Blick zum Himmel richtet... Der Frühlingswind weht ihr ins blasse und verstimmte Gesicht ... Er erinnert sie an jenen Wind, der damals auf dem Berge heulte, als sie jene vier Worte vernahm, und immer trauriger wird ihr Gesicht, immer trauriger, und über ihre Wange rinnt eine Träne... Und mit einem Male streckt das arme Mädchen beide Arme aus, als bäte sie, daß der Wind ihr aufs neue die Worte brächte. Ich aber warte auf den nächsten Windstoß und flüstere halblaut: »Ich liebe Sie, Nadja!«

Mein Gott, was geschieht mit Nadjenka! Sie schreit auf, sie ist ein Lächeln und streckt dem Winde ihre Arme entgegen, so froh, so glücklich, so hübsch.

Ich aber gehe derweil meine Koffer packen ...

Das geschah vor langer Zeit. Jetzt ist Nadjenka verheiratet; ob man sie verheiratet hat oder ob sie ihn selber genommen hat, ich weiß es nicht; ihr Mann ist der Sekretär des adligen Vormundschaftsgerichtes, und sie hat bereits drei Kinder. Wie wir damals zusammen auf die Rodelbahn gin-

gen und der Wind ihr die Worte »Ich liebe Sie, Nadjenka« ins Ohr raunte, hat sie nicht vergessen; dies
ist ihre glücklichste, rührendste und schönste Erinnerung im Leben.

Mir aber, der ich älter geworden bin, ist nicht
mehr recht verständlich, warum ich jene Worte gesagt und weswegen ich damals gescherzt habe …

Inhalt

Hans Christian Andersen

Weihnachtsmärchen

96 Seiten. Kt.
[3-579-01538-9] GTB 1538

Dieses Buch enthält fünf der
beliebtesten Weihnachtserzählungen von Hans Christian Andersen (1805–1875): *Die Schneekönigin,*
Der letzte Traum der alten Eiche, Der
Tannenbaum, Zwölf mit der Post und
Der Schneemann.
Voller unglaublicher, meist volks-
tümlicher, manchmal auch trauriger, immer aber lebensnaher
Begebenheiten erzählt Andersen
über die Welt der Kleinen, einer
Welt, an der auch Erwachsene
ihre Freude haben. Er bringt das
Geheimnis der Weihnacht zum
Ausdruck in einer Sprache, die
nicht in der Ferne sucht, was in
der Nähe und auf der Hand liegt:
die Freude am Leben und das
erkämpfte Vertrauen zur Welt.

Gütersloher
Verlagshaus